樂讀456 —— 進階 092

大山小學堂1

半個老大，是個大帥哥

文 王文華
圖 王秋香

老師來了!

note Book

前言 聽說力量大

我在一所小學教書，還沒接這班之前，流言滿天飛，我心懷恐懼——

「你慘了啦，那一班的孩子，一半以上不寫功課。」

「那些孩子不看書呀，一年看不到三本書。」

「某個孩子不洗澡，身上的汙垢……」

「老師還要去幫孩子家大掃除，他們家的馬桶喔……」

「有個小女孩……」

總而言之，八個小孩，個個聽起來都像牛頭馬面，像聽鬼故事一樣。

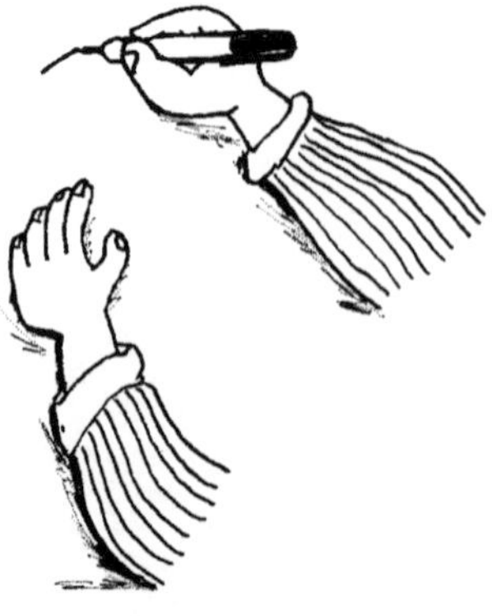

上了三週課後，奇怪了，這些孩子的功課天天都交齊，個個衣服都乾淨。請他們讀課外讀物，他們也讀得很勤奮，開學才二十一天，已經有人讀完四本《奇想三國》；連一向動作慢吞吞的「慢慢」都讀完五、六本書了。

我實在忍不住，問他們：「你們怎麼這麼乖呀？不是聽說有人都不寫功課，有人愛打小報告，還有上課會走動、愛吵架的？」

一號哀怨的說：「不然怎麼辦，你很凶耶。」

平分天后壓低音量：「而且你藏了很多根籐條，我有看到。」

其實我沒有。

三秒鐘舉手：「聽說不乖的還會被你叫去小房間打。」

可是，明明我已經好幾年沒動手了。

大胃王最後道出全班的疑慮：「據說只要有人敢不寫功課，就會被你留到很晚很晚，我才不要咧！」

我點點頭，心裡覺得好好笑——我可不能說破他們的疑慮，就讓他們繼續去「以為」、「聽說」、「據說」，然後去當個乖小孩。

這是我對這班孩子的第一印象，破除了之前所有的流言；而他們也因為聽了太多流言，對我有了不同的印象。

然而，和他們相處兩年下來，我好像走進了一篇又一篇的童話故事裡；在他們身上發生的事，每一件事都那麼不可思議，就連我自己幻想的故事也沒這麼逗趣吧！

於是，這八個小孩，替我在漫長的教學生涯裡，製造一篇又一篇有趣的生活故事，所以，我開始寫他們的故事，因而有了這本書……

目錄

第三章 三秒鐘

第四章 半個老大

第五章 平分天后

第六章 大姐大

第七章 美少女畢拉拉

第八章 大胃王

第九章 待續

第一章

一號

一號

一號不是我們班的座號一號，也不會常舉手說要上一號。

她不是一號出生，家也不在中正路一號。

原因出在：一號的臉上，只有一號表情，所以，她就叫做「一號」。

一號的表情，是那種不悲而悲，不淒而淒，乍見她的人，都會覺得她有好多好多委屈在心裡。

怕她不開心，我講了一則笑話，全班都笑到在地上打滾，她無動於衷。

她犯了錯，我對她唸了一小時的經，她還是面無表情。懺悔了？反省了？還是根本不懂我說了什麼？從她臉上，我看不出來。

三秒鐘因為不能上體育課，氣得把椅子推倒了，一號卻沒有任何反應。大姐大做錯事情擺臭臉，一號不會，她只有一號表情。

這是大家都知道的事——只有熱血導遊不知道。

畢業旅行澎湖行第三天，一號抱著行李，走在最後。導遊不止一次問我：

「她怎麼了？」

我有經驗，回答：「別理她，她就那樣。」

這導遊年紀輕，以讓每一個孩子都開心為人生第一要務。因此，她每隔幾秒鐘就要看看一號，逗逗一號。

但別忘了，一號永遠是一號。不回答，不理睬，不點頭當然也不搖頭。

熱血導遊不放棄，繼續追著一號問：

「拉肚子了？」「暈船了？」「中午沒吃到滷肉飯？」

同行的志工媽媽也加入猜謎行列：

「想家了？」「錢花光了？」「還是那個來了？」

一號搖搖頭。

志工媽媽摸摸她的額頭：「沒發燒，難道是……這期樂透沒中？」

平分天后都抗議了：「小孩不會把錢浪費在樂透上。」

熱血導遊大叫一聲：「那是失戀了？」看得出來她大概有這種經驗。

一號看了她一眼，不說話。

女人心，海底針；一號的針是掉進日本海溝，深不可測，這下連熱血導遊都投降了。

回到臺灣，我特別打電話給一號的媽媽，提醒她：

「令千金，三天行程，天天只有一號表情；尤其是第三天，表情很怪。」

一號的媽媽果然像一號的媽媽，她從頭到尾也只有一號般的回答：

「喔，喔，喔，喔。」

那四個喔，聲調一致，長短相同，跟信用卡公司的機器錄音差不多。那簡短卻又耐人尋味的語調，就像隔天──

隔天，一號左腮貼了一塊特大號的撒隆巴斯。

「原來是牙痛？」我問，她點頭。

「昨天怎麼不說？」

「感覺不出來呀。」一號說。她依然不帶表情，彷彿也不痛呢。

家長情報員

我懷疑，我們班的家長們，多半從事情報工作，身分不能曝光，連自己的親生孩子也要隱瞞。

我問一號，你爸爸從事什麼職業？

她兩手一攤。

「爸爸有上班嗎？」

一號搖搖頭。

「那是種田？」

「沒有。」

她的輔導資料上寫的是「工」，「所以在工廠工作？」

「我不知道啦！」

你看，連孩子都不能知道的職業，夠不夠神祕？

粗心知道自己的爸爸在工廠上班。

「那……是什麼工廠？塑膠射出成型的還是押出的？五金工廠，還是化工廠？」我不懂，追著她問。

她聳聳肩，她不懂，回家也不會問爸爸——又一個情報販子的孩子。寫得最清楚的是大胃王。但我最弄不懂的也是他。

「家裡種田？」我問。

「有一些檳榔樹啦，但不是天天種。」

「爸爸有去上班？」

「有時候，但不是天天去。」

我想起來，好多家長在開卡車，

「所以是運輸業。」

「嗯！但……」

「但不是天天去。」我替他接話。

大胄王莫測高深的回應，加深我的信念，我再怎麼搔破頭也猜不出他爸爸的職業。難怪，他之前的老師會在輔導資料上寫著：靈活業。

那天我一下班，趕快把女兒找來：「你知不知道我從事什麼職業？」

她白了我一眼：「老師！」

「所以我是教師沒錯？」

女兒突然提醒我：「你也有寫作。」

「所以我是作家？」

「可是你常常不在家。」

「我去演講呀！」

女兒搖搖頭：「那我不知道你的職業是什麼。」

「怎麼會呢？你隨便挑一個說嘛，說你爸爸是老師嘛。」

「人生怎麼可以隨便呢？」她振振有辭的說。

黛玉葬花

一號是纖纖高高的小女生，少林七十二絕技，她專攻捻花指。

請她擦黑板，長粉筆短粉筆紅粉筆黃粉筆，她會細細拾起，一一分類收妥，然後把抹布打溼，仔細妥貼的擦拭，黑板立即光滑黑亮如新。

一號來寫作業，一筆一畫，一勾一捺，少有火氣。

若是寫錯了，你看她捻起橡皮，輕輕擦拭，簿本永保乾淨清爽，如她的人。

但是——

她此番負責打掃校園，我們的校園，有成排如林的桃花心木。

這個時節，一陣風輕輕吹，葉片滿天飛。

這孩子依然一片兩片三片，那動作之輕柔，那拾葉之輕盈，就像蜻蜓點水，也像荷花出淤泥而不染。

彷彿天是天，地是地，葉子是葉子，而一號就是一號。

無視為師的我，早已皺起眉頭。

親愛的一號：

掃地只有十五分鐘，莫非你要學黛玉，她葬花你拾葉，十五分鐘就掃那五片葉子……

告訴我，剩下的，該請誰來清理？

不乖的頭髮

一號要代表我們班，參加全縣演說比賽。

但是，為了一號那兩綹不聽話的頭髮，我們師生耗了一節課。真的，我特別趁音樂課，留她下來加緊練習，然而，本來應該很努力在演說比賽上，準備行前總檢查了，突然被她鬢邊的兩綹頭髮給卡住了。

「剪掉，太不清爽了。」因為很像布袋戲裡的老娃娃。

「又不會怎樣。」她堅持。

「剪掉，你現在要注意的是演講內容，人乾淨素雅就好了嘛。」

「我會綁好。」其實她永遠綁不好，因為那頭髮不長不短的。

「剪掉，不然我帶你去『鐵頭店』修一修。」

「我沒錢。」

「我替你出。」

「沒人載我去。」

「我載！」

「我不要！」

「我……」

一節課之後，我心力憔悴，下了最後通牒——「留髮不比賽，比賽不留髮，你挑一樣。」（我真怕她挑不比賽了）。

小妮子說：「我兩樣都要。」

很倔強，很有種，很有主見，我被澈底打敗……

下課鐘聲突然響了起來，我們班的孩子嘻嘻哈哈的跑進來，平分天后知道詳情，她笑：「老蘇，用髮夾呀，用髮夾夾一夾不就固定了？」

「不然也可以用髮膠。」三秒鐘也說。

咦？我看看一號，一號看看我，對啊，明明這麼簡單，為什麼我們可以耗一節課？

第二章 粗心

時候

其實

受不了

晏子智救養馬人

國語課我教〈晏子智救養馬人〉時，讓小朋友上臺表演，體會晏子的機智。

沒人想演晏子，因為臺詞太多了。

粗心自願幫忙：「簡單呀，晏子是這齣戲的主角耶！」

她說得對，於是像個大明星般登上教室舞臺。

課本上寫著：「養馬人把馬養死了，慌張進來報告，齊景公很生氣，作勢拔刀要殺養馬人，晏子急忙拉住景公……」

我的晏子卻像無事人般，站在一旁。

我指指粗心：「去拉景公呀，他快被殺了。」

「對吼，簡單！」晏子出場，拉住景公，架勢很好：「別殺他！」

景公問：「為什麼？」

晏子看看我——她忘詞了。

我提示：「讓臣為主公指出，他犯了三大罪，他好死得明明白白。」

「簡單！」她照著唸，「讓臣為公主指出，他犯了三大罪，他才好死。」「主公」變成「公主」，「明明白白」成了「好死」。

景公問：「哪三大罪？」

晏子繼續看我，我只好繼續提示：「就一二三，那三點。」

「這麼簡單？」她回頭說，「就一二三，那三點。」

我急忙喊卡：「不是，你要把那三點唸出來，知不知道？」

她看看課本，終於清醒了：「老師，字很多咧！」

「所以才沒人要演呀！」

「喔，原來是這樣。」她大叫，「那我才不要演咧。」

「你不是說簡單？」

「我有說嗎？」她憤憤不平的抗議，「字這麼多，誰想演呀。」

孔明傳

粗心看完《孔明傳》，她說她看了三天，日也看暝也看，意思是真的很認真的看完了。

這點我相信。我常在早自習看她低著頭看著書，一動也不動。

「那，介紹一下孔明吧？」我說。在我們班，看完書是要考試的。

「孔明喔……」粗心陷入長考。

一秒、兩秒……我已經改完三本數學習作。

「好吧，孔明是誰的軍師？」我問。這個問題夠簡單了吧？

「嗯……就是一個人……那個人叫做……」

她繼續陷入長考。怪了，書不是看完了嗎？

我只好再把標準降低點的問：「孔明跟諸葛亮有什麼關係？」

「有嗎？」她望著我，一臉疑惑，「下星期才會演呀……」

我想她把電視上的豬哥亮扯進來了。

我要她再去看一遍書，並指定要她讀〈空城計〉和〈草船借箭〉這兩篇。

過一會兒，她又來了：「我上課也看下課也看，應該沒問題了。」小妮子把這「……也……也……」的句型當成標準式了。

我考她：「從哪裡看得出來孔明很聰明？」

粗心說了：「他能知道一個人的性命有多長。」

《孔明傳》裡有這段嗎？我暗示：「他是看天氣……」

「啊，有，他借大霧來……」

「是借東風吧？可是我沒叫你看這段呀。」

「對吼，」她突然想起來了，「孔明在城裡唱歌。」

「卡啦ＯＫ？」

「對對對。」她點頭如搗蒜。

天哪，還對咧，我只好再提醒她：「是在一座空城裡彈琴吧？」

034

半個老大

「對對對，彈琴。」

「還有派人去……」

「倒垃圾。」

「不是啦，」我定力不好，聲音提高了，「是派小兵去掃地，他彈琴，然後他因此嚇退了誰？」

粗心搔搔頭：「沒有呀。」

「一個將軍呀，他叫司馬……」我的提示夠簡單了吧？

她不太相信的說：「不會是馬英九吧？老師，你別騙我了啦！」

機智的故事

某天的作文課，題目是要寫一個名人「機智」的故事。

粗心把居禮夫人的故事抄在作文簿上，故事的大意是：居禮夫人得了一個獎章，她把獎章給兒子玩，旁人看了都驚訝，她卻覺得那不過就是個玩具罷了。

但我總覺得哪裡怪。

我說：「這故事比較像『謙虛』。」

她拚命解釋：「很機智呀。」

「哪裡？」

「她機智的把獎章給兒子玩。」

「那是她不在乎獎章。」我堅決的說，「所以是謙虛、不驕傲。」

「可是她真的很機智，所以發明了雷射槍。」

「她是發現『鐳』。而且，你也沒在文章中提到鐳這件事。」

「我可以改。」

她把作文拿回去，改好送回來的故事變成：

機智的居禮夫人得了一個鐳獎章，她靈機一動，把獎章送給兒子玩，旁人看了都稱讚她是個聰明的媽媽，很機智的把獎章變成了玩具。

「我……」我實在想不出該怎麼唸她。

她還在旁邊問：「我這樣有沒有機智了？」

「你掰出這故事是一種機智的表現啦，」我說。她洋洋得意，我瞪了她一眼，「但是加了幾個機智的詞，不見得就是機智。倒是你，我覺得你夠機智。」

她得意了：「哪裡？老蘇你快說。」

「你很機智的把一個看不出機智的故事說得很機智，簡直機智得不得了。」

「對嘛！」粗心高興了一下，突然有點醒悟，「導仔，你好像在嘲笑我喔……」

幸好，她終於聽出我的意思，勉強算是機智的表現。

售後服務

在粗心短短一百二十個字的讀書心得裡，扭曲的字不說，用注音的、漏筆畫的、錯別字外加我認不出來的字，算算有十八個。

「拿去改吧！能錯這麼多，也真不容易了。」我說。

她發現沒有額外的罰寫，如釋重負的正要轉身，我眼尖，又多找到一個錯字：「時『候』，不是時『後』。」

「可是你剛才沒找到。」她抗議。

「好啦，這算售後服務，我是有良心的老師。」

這孩子氣沖沖的回座位，不氣自己錯了十九個字，倒怪起我多找了一個錯字給她。

她改好後拿作業本回來，臉臭臭的。

不幸的是，我又發現第二十個錯字：「這裡……」

她的臉更臭了：「你剛才又沒有……」

我拍拍粗心的肩：「好啦，你就把它當作是免費健檢嘛。我去修車也都是這樣，師傅都會再挑出毛病的。」

粗心踏著重重的腳步回座位，用重重的手勁改正新找到的錯字，筆在桌子上噹噹有聲。這時，我倒有點不好意思起來。

不過我能怎麼辦？當作沒看到嗎？這可不符合我的職業道德。

粗心又氣沖沖的走回來，氣沖沖把本子放我桌上：「我要去玩了。」

糟糕的是，她改的字，其實是錯的。

「其『實』，不是其『時』，你看，你改了還是錯呀。」

她的眼眶都紅了。

我安慰她：「這是回廠維修，老師很專業的。」

她轉身要走，我又眼尖——真的，要怪只能怪她，誰叫她的字全扭成一團；但是不講出來，我實在受不了。

對，就是受不了，我終於看懂她那句「瘦不了」怪在哪裡了。

「這是『受』不了，不是『瘦』不了。」怕她氣到昏倒，我急忙說：「贈品，算是老師送的六年無限公里保養，只有你才有喔，乖，趕快回去改。」

第三章
三秒鐘

第一名

國語課，三秒鐘嘰哩呱啦，有一肚子的話搶著要講。

問詞義，她題題皆答。

問人物，每一個名人她如數家珍。

問起詩詞歌賦，連幼兒園時期背過的名詩佳文，她都有印象。

誰也擋不住她的嘴巴。

社會課，三秒鐘也嘰哩呱啦；我勸她：「等一下等一下，留點時間給別人發表。」

但是她的手舉得那麼直，她的神情那麼急迫，兩眼直視著你而來。

我還是忍不住會叫她，她回答完，手又再次舉起來。

「我……我……我……」

像是「百萬小學堂」的小西瓜（註1）。
也像是「霍格華茲」裡的妙麗・格蘭傑（註2）。
身為老師，你會嘆口氣，心想其他孩子太過安靜，卻又竊喜有個孩子的表現欲望如此之高。

然而，我的認定與現實之間是畫不上等號的。
三秒鐘的答案，很少能讓人眼睛一亮。
而那種在腦海裡叮咚作響的讚嘆呢？也沒有。
「多想一想，好不好？」我勸她暫時把手放下，回答問題前再想三遍。
小妮子永遠是手放下了，隨即再次舉起。
「不是請你想三次再舉手？」我懷疑的問。
「我想了，還想了五遍。」她肯定的說。
彷彿我們住在不同的星球，她的星球同時間多轉了數百圈似的。

數學考卷，三秒鐘匆匆算完，搶先全班第一個交卷。

再簡單、再不需要思考的題目，這個全班第一個交卷的女孩，依然可能全部錯給你看。

即便像平分天后那麼粗心的孩子，都拿到一百分了，三秒鐘卻可能只拿個超低空的分數。

此時我也不能誇獎別人，她會覺得受到羞辱。

當然，更不能罵她，她會哭——她是個自尊心很強的孩子。

拿著考卷，回到座位，她的眼角依然泛著淚光。

越多人考滿分，她越生氣；我越是想指導她，她越以為我在放大她的錯誤。

我只能默默把她錯的地方圈起來，請她回去改；等她心情平復了，再稍稍提醒她：「下回不要急，再檢查一次好不好？」

她會點點頭掛保證，還會告訴你：「有啊，人家剛剛檢查了三次才來。」說得斬釘截鐵，不容懷疑。

「是喔……」我努力擠出一絲微笑，拚命想著要如何表達，才能既不傷她，又能讓她懂得「慢一點不見得不好」的道理。

然而，這就像個無解的魔咒，下次不管什麼題目或考試，她依舊搶第一個上來（也沒有什麼好康的可以拿），第一個交卷（又是全班錯最多的宿命）。

就像希臘神話中被懲罰的薛西弗斯，只是薛西弗斯是被逼著不斷的搬石頭，而三秒鐘完全是被自己的行為給控制。

「放慢，放慢，別急，別急。」「話要出口前，三思而後說。」這是我最常提醒她的話。

But沒有什麼用。

只要進了課堂，坐在椅子上，三秒鐘永遠是那個有一大堆意見要表達的小女孩，有一大堆話在心頭藏不住。

「我知道。」這是數學課。

「我去過。」這是社會課。

「我見過。」這是自然課。

「我吃過。」這是與老師的閒聊時光。

三秒鐘是一位性急的女孩。我真怕她的急，讓自己過早長大，過早成熟，卻沒有留下多少時間給星球優雅的旋轉，錯過太多的美好時光。

註1：「百萬小學堂」為臺灣電視益智節目，每集由小學生、大人和現場觀眾組成參賽者，答題競賽。「小西瓜」即為小學生智囊團的一員。

註2：「霍格華茲」為兒童奇幻小說《哈利波特》系列中的魔法學院，「妙麗．格蘭傑」為主角之一，是個聰明、愛表現的女孩。

三秒鐘爸

初次見面，三秒鐘爸遞來一顆檳榔。

我搖頭。

三秒鐘爸立刻說：「老蘇，你是查甫郎耶……」

不嚼檳榔就不是查甫郎？

那時，我和他還不熟，他不太理我，大概認為不嚼檳榔的人真的不算男子漢。為了三秒鐘，我還是硬著頭皮跟他聊。聊不到三秒，他又遞來一根菸。

我又搖頭。

「喔，老蘇，你甘查甫郎？」又是這一句話。

三秒鐘爸是單親爸爸，為了生活四處奔波。再見到他時，他換了工作，人在

屏東，將一雙子女交給孩子的祖母照顧。三秒鐘是大姊，擁有一支手機，三秒鐘爸每天早晚都各打一次。

三秒鐘隨時把手機秀在手上：「我爸說，他打來時我要立刻接。」

全班只有她有這個特權。

我很想叫她把手機放在家裡，她說：「不行，爸爸要我帶的。不然老師你跟他說。」

我實在很怕跟一個說我不是查甫郎的爸爸聊天，因此，只能由她。但是我規定，手機只能放書包，響了再拿出來接。

有一回，三秒鐘爸從屏東送貨到臺北，中途特別繞來學校。我帶著三秒鐘去找他，父女倆多時不見，聊得吱吱喳喳。臨別時，他盯著我：「她說你不讓她拿手機？」

「我是怕她玩手機。」

「但是，我怕找不到她。」他說。

後來三秒鐘還跟著爸爸去屏東度了一次假，多了三天的父女相處時間。

沒多久，三秒鐘爸又換了新工作，回到南投。

我們班要去參加比賽時，三秒鐘說她爸爸也要去：「我爸會開賓士來喔。」

「賓士？」看她那麼興奮，我也不好說什麼。

她爸爸怎麼可能有賓士車呢？怕是說來讓小女孩開心的，我沒揭穿，倒是三秒鐘，天天跟大家預告。

比賽那天，一輛嶄新的賓士車真的來到校門口，是三秒鐘爸的老闆開來的。一車共有三個大人：三秒鐘爸、三秒鐘爸的老闆、三秒鐘的乾爸。三個大男人跟我們去比賽會場，高高興興看完比賽後，又跟

著我們去地震博物館。

三秒鐘整天坐在賓士車裡，笑得好開心。

有一回，學生要去臺中科博館參觀。三秒鐘爸在出發前一天打電話給我，說科博館週三免費參觀，問我知不知道。

我說知道。

他說，那就不要週二去了，趕快把遊覽車取消。

我說遊覽車已經訂了，而且是別人贊助的經費，限定週二去。

他說不好啦，他在科博館修電梯，剛得知這麼寶貴的消息，要我聽他的話。

我謝過他，再問過學校，結果似乎無法改變。

他知道了，口氣有點懊悔，怨自己沒能早點知道這個消息。

還有一回，三秒鐘爸送來兩盒小番茄——小小的，很不起眼，說是他去幫人採收時留下來的。他請我一定要把番茄送給三秒鐘和她弟弟的同學，因為平時受到同學照顧頗多，這份心意一定要替他轉達。

「很甜。」他保證。

原來他不修電梯，改採番茄了。

這回我們班的孩子去埔里踩街（註3），問遍小朋友的爸媽，沒人有空幫忙載小孩。三秒鐘爸卻請了一天假，帶了三秒鐘和弟弟、奶奶一起來。我怕他們無聊，請他們四處走走看看，他也說沒關係。他高高興興的看完女兒表演，還跟我們走了一圈街才回家，足足耗掉一個下午。

一整天，他都拿著手機幫三秒鐘照相；看我背著大相機，問我能不能把所有的照片洗給他。

我大概知道他的想法：他經常不在家，希望可以隨時看到女兒。

但現在誰還會洗相片呢？我請他上網路看，他說沒電腦。

後來我把有三秒鐘參與的照片，都洗一份給他。他很高興，慎重的把其中一張掛在小貨車的後視鏡上。

他是最顧孩子的爸爸，願意為了三秒鐘請假；央求老闆開賓士載女兒；出去工作也會每天回來接小孩；還會打聽各種對學校有利的訊息；甚至願意帶女兒南下去屏東玩——班上很多孩子都還沒去過呢。

這樣的家長，我第一次遇到，感到很高興。因為他是三秒鐘的爸爸，也希望他早日找到一份安定的工作，讓三秒鐘不必再日日帶著手機，痴痴等著爸爸打來的電話……

註3：「踩街」是上街、逛市集的意思。

貨比三家

寒假到了，我帶班上小朋友到臺北表演，順便逛書展。

孩子們逛了一個多小時，集合後，我問：「買了什麼書？」

「我照了大頭貼。」

「做了一枚紀念徽章。」

「買了米老鼠鑰匙圈。」

大胃王則是提著一把剪刀獻寶。

剩下的孩子搖搖頭，什麼都沒買。我問他們身上帶多少錢？有的帶一千，有的帶兩千，都是他們平常存的零用錢。

我說：「怎麼不買書呢？都來到書展會場了，你身上有錢，看到喜歡的書把它買回家，看完了再和同學交換看，一本書的價值就擴充幾十倍；又如果能請畫

元。」她一副喜孜孜的樣子，彷彿多賺了很多錢。

「是啦……」我不忍心點破她，這種飾品她又不需要，買回去做什麼？

後來我們搭捷運去龍山寺，地下街藝品店的特價攤車上，堆成小山似的吊飾，跟三秒鐘買的一模一樣，六個一百元……

三秒鐘也看到了，手裡那袋吊飾捏得更緊更緊。

六福村遊記

因為去外縣市比賽，所以我們班的孩子多了一次旅行的機會。清晨五點半從學校出發，比賽完才九點鐘。我們在滂沱大雨中，到了六福村。

「這麼大的雨……」我心裡有點不安。

三秒鐘催著：「老師，下車去玩啦。」

「嘰——吱——」我的布鞋才踩到地面，立刻泡湯。我勉強把鞋子從水裡拉出來，摺疊傘也擋不住雨花，半邊身子全溼了。

「再等等吧！」我回車上，勇敢面對滿車怨恨大雨的眼光。

三秒鐘幾次想衝下去，又被我拉回來。

這雨一下就沒完沒了。我們本來還有雨天備案，「但是，是去六福村耶，小朋友沒去過。」我用一堆理由說服有點擔心的主任和其他老師。

學校答應了。可惜來到大門口，卻遇上這麼大的雨⋯⋯

老天爺有聽見我的心聲，雨變小了，孩子們嘻嘻哈哈衝進雨陣中。

一般逛遊樂園，沒人會想跟「老」師在一起，這是導師要有的自知之明。因此我強迫他們先坐巴士看獅子，再搭火車看完非洲動物後，說：「好了，自由活動了。」

說自由，我其實是跟在他們後頭走。雨中遊樂園，來玩的各校學生依然不少，我很快就失去孩子們的蹤跡。走進餐廳，一張張桌子趴著一個個領隊大哥哥；走出餐廳，畢拉拉和平分天后站在茫茫人海中。

「怎麼了？同學呢？」我說。

兩個小孩你一言我一句，原來她們逛了大半天，什麼也沒玩到：一大群人走在一起，每個遊戲都有人想玩，有人不想玩，結果就什麼都沒玩。

平分天后提議：「老師，我們帶你去玩。」

難得有孝心（其實是她們找不到其他人了），我就跟她們去玩。

鬼屋、雲霄飛車、空中腳踏車，連音樂馬車平分天后都想染指了，畢拉拉卻一路喊卡。

她搖頭表示：不要，不想，不好玩，無趣。

我大概了解她為什麼都玩不到了。

現在在一旁顧行李的書僮有兩位：一個胖胖的導仔，一個美麗的搖頭少女；平分天后在各項遊樂設施上盡情尖叫，畢拉拉在我身邊無聊到拚命的扯頭髮。

我開始後悔，沒事幹麼遇到她們；遇到她們就說「好好玩」就好了，幹麼要跟她們來玩？

我羨慕的望著來來往往的學生。

我拜託畢拉拉：「去玩一下嘛？」

「不要。」

美少女的心像海底針，我不懂，也撈不到。

我像個遊樂園服務生，開始介紹遊樂園的諸多設施：空中騎單車，可以看猴子；玩鬼屋，裡頭有蘇丹王的冒險；那個3D動感車不會頭暈，會讓你尖叫……

畢拉拉又搖頭表示：不要，不想，不好玩，無趣。

幸好，我們又撿到了班長（又一個喜歡搖頭的孩子），兩個小女生嘰哩呱啦的交談，被我清楚的聽到，畢拉拉正在跟班長介紹：我們去騎空中腳踏車，可以看猴子；接下來去玩鬼屋，聽說是蘇丹王的冒險；3D動感車不會頭暈，會讓你尖叫……

接著，她們手拉手，快樂的走了。

烏雲突然散去，陽光露了一下臉。

誰說春天後母臉，小六女孩的心思更難捉摸。

或許有人想問，那三秒鐘跑哪去了呢？

在不到兩個小時內，她玩遍所有遊樂設施，很多還玩了三次以上。回程的車上，全是她的聲音：這個好玩，那個刺激。六福村可以考慮請她代言。

第四章 半個老大

落難記

平頭，腆著肚子，皮帶必須扣在肚皮下緣，以相撲力士的走法，氣勢洶洶，無人能擋其鋒——那是平日的半個老大。

垂頭喪氣，說話有氣無力——那是今天的半個老大。

半個老大今天落難。

一大早，他垂頭喪氣的說要去辦公室借電話。

我問：「為什麼呢？」

「我『破』病啦。」半個老大咳兩聲，證明他真的生病了，而且很嚴重。

午餐時，因為他是病人，有特權可以挑食，只吃肉片不吃蔬菜，照樣嗑掉兩大碗公的白飯。

「我很難過。」他病懨懨的說。連走路都東倒西歪，儼然一副力士被打敗時

的模樣。

放學時，我是導護老師，要送學生下山。臨走前，五、六個等公車的孩子在坡崁處穿梭。

「怎麼了？」我問。

三秒鐘說：「幫半個老大找錢。」

「掉多少？」我問。

「哥哥掉了兩個五十元的銅板。」半個老大的妹妹灰姑娘說。

那是回家的車錢嘍？我猜。

今天我得送路隊，沒空幫忙找；剛好副導護老師沒事，就去幫忙。路隊送完，天色已晚，我回到學校，只聽到草叢裡一陣哭聲。

「你們不要講話啦，趕快找。」是半個老大的聲音。

「還沒找到？」我問。

副導護老師搖搖頭。

半個老大繼續罵人：「找錢要用心找，懂不懂？」

自己把錢弄丟了，比幫忙找錢的還要凶，果然有半個老大的氣勢；只是邊罵邊哭，稍損英雄氣概。倒是幫忙找的孩子還真乖，被罵得垂頭喪氣，也找得無怨無悔。

我看這樣下去不是辦法，拿了一百塊給半個老大：「先拿去買票坐車回家，明天早上再找。天黑了，錢不會被撿走。」

灰姑娘在旁邊解釋：「哥哥掉的是零用錢，不是車錢。」

妹妹一說完，半個老大哭得更大聲了。

難怪他找那麼久也不回家。掉了車錢，媽媽會再給；掉了零用錢，媽媽鐵定不會理他。

可憐的半個老大，今天遭受雙重打擊：感冒傷身，掉錢傷心。

原來老大也有不是老大的時候。

戀愛

她是班上最安靜乖巧的女孩。

上戲劇課時，小女孩難得來找我，滿臉氣憤：「他打我。」

他，指的是半個老大。

我喚來半個老大：「為什麼打人？」

半個老大理直氣壯的說：「她先打我的。」

「她？」不可能呀。

我不解的問問小女孩，小女孩哭得猶如梨花帶淚：「是他呀，他一直打我，我才……」

後頭故事不必小女孩說，我的腦袋自動放映情節：百分之一百萬是半個老大先動手。但是拿這件事問他，他絕對忘個一乾二淨。半個老大的腦海裡，永遠只

記得小女孩動手打了他。

我警告：「半個老大，你不准欺負女生，向人家說對不起。」

如果你看過《西遊記》，就會記得豬八戒那副討人厭的模樣：翻著白眼，要死不活，要動不動的掀掀嘴皮。這就是半個老大的反應。

「好啦，對不起。」

要他再誠懇點，他不依，像個傻大個兒似的溜走了。

再一次，小女孩來報告，半個老大又打人了。

怪了，半個老大哪根筋不對，以前他的對手總是班上的狠角色，什麼時候專挑軟柿子欺負？

我把他叫過來，跟他解釋江湖好漢的準則：

「你這樣做，會被五湖四海的人們恥笑，懂不懂？」

半個老大一定不懂，因為再一節下課後，小妮子又被他氣得趴在桌上哭。班上娘子軍個個挺身而出，又是勸她又是幫她出主意；只是她們越說，小妮子越哭——唉呀呀，警報器一天響三、四次，泥塑菩薩也受不了。

只好再次請來半個老大，我又是威脅又是恐嚇，外帶慎重的解釋江湖道義：

「好男不與女鬥，你到底懂不懂？」

半個老大看著我，一句話也沒辯解。平時他被人看一眼、唸一句，都會動上半天肝火；今天，任憑我說，半個老大點頭又點頭，還自顧自的傻笑。

上書法課時，事情終於水落石出了。

小女孩坐他旁邊，半個老大每寫一筆，就會去拉拉小女孩的墊布、毛筆。

小女孩氣不過，推了他一把，他玩得更高興了。用毛筆在她的紙上畫了一下，小女生氣呼呼的在他的紙上回畫一筆，半個老大索性搶過她的筆。她推他，他不肯放手；女孩打了他一下，又一下，半個老大卻任她打，不反擊。

安靜的小女孩，輕聲細語的想要回自己的毛筆，但半個老大不給。

小粉拳打在半個老大的肩上：「筆還我啦。」

可惜對付皮粗肉厚的半個老大，她的拳頭力道太輕。

拳頭一個個落下，半個老大嘴角帶笑，說不給就不給，簡直是無賴。直到那節下課，小女孩受不了了，重重一掌，就直接巴在半個老大的臉上。

那一聲，清亮乾脆，半個老大的臉，留下五爪紅印。

教室登時安靜了下來。

半個老大抓狂的樣子大家都見過，他翻桌子、掀椅子還算小場面；何況這是書法課，桌上全是毛筆、墨汁和硯臺，武器眾多，由他挑揀。

識相的孩子立刻護著自己的文房四寶，斯文的書法老師一個箭步衝過去——

沒想到的是，半個老大摀著臉，吶吶的坐了好久，這才站起來，搖搖頭，走了出去。

留下一室安靜的孩子，和一個趴在桌上哭的小女孩。

「半個老大談戀愛了。」不知道是誰在角落說著。

難怪……

只是這大老粗，連喜歡別人也要如此驚天動地？

棒球鼻屎

昨天，我們學校的棒球隊輸球了。比賽結束時雙方球員敬禮，半個老大站成三七步。對方跟他行禮，他眼帶殺氣，動也不動；一轉身，他笑得好開心，一副「笨蛋，還向我敬禮」的痞子樣。

我把他叫來唸一頓，要他去跟對方道歉。他推託了半天，才勉強過去作了個揖，但打死不說Sorry。

今早要打復活賽，半個老大遲到了，五年級球隊要出發了他才來。我開車載比賽的學生，讓他坐前座。

一上車，半個老大就用臺語大聲吆喝：「有鼻屎，快快快！」

「鼻屎？」我想起昨天的事，要他注意禮貌。

「好啦，老蘇開快一點啦，我有鼻屎咧！」

我把衛生紙遞過去：「擦掉呀。」

「擦什麼？」

「你不是有鼻屎？快擦掉，不要沾在我的車上。」

其實是我有潔癖，光想到座位有一坨鼻屎，噁呀！

「喔，老蘇，我是說比賽，不是鼻屎，OK？」他自以為幽默。

坐著坐著他無聊了起來，開始上下打量，批評起我的車。

半個老大瞄了瞄儀表板：「太慢了啦，才八十。」

我說：「這條路有限速，最高……」

「人家我爸爸都嘛開到一百。」

「不行，現在有一車的小朋友，要注意交通安全。」

「我上回看到我爸闖了兩個紅燈。」

「那不是很危險？」

「我爸說那才叫做『爽』。」

我現在知道半個老大的豪氣是怎麼來的了。

一輛「米漿」（BMW）開過去，他說他舅舅也有一輛；一輛「免路」（Benz）也超過我，他說他以後要開那種車，還孝順的說，會買一輛送我。

接著他看到車窗上的防晒玻璃，為了顯示他的見多識廣，開始說：「這種玻璃晚上有太陽時不會刺眼，對不對？」

我想專心開車，敷衍的說「對」。

一車小孩卻聽出半個老大的語病：「晚上哪有太陽？」

這小子振振有辭：「晚上太陽很大。」

我也聽出哪裡怪了：「晚上沒有太陽。」

「有，現在就有。」

「現在是白天。」

「現在晚上。」

「現在是白天。」我們一起大吼。

「你們白目喔，晚上，一直晚上就有太陽。」半個老大激動的比劃著，頭又鑽出天窗了。

畢拉拉抬頭看看太陽，終於，她第一個搞懂了：「老師，沒錯啦，真的是『往上』有太陽。」

「早就告訴你們嘛，『晚上』太陽大，要用深色玻璃嘛。」

半個老大越說，我越搖頭，正想好好幫他上個國語正音課，他卻不讓我有機會。看到路邊的稻田，他聯想到爸爸上次去載水果，有輛車子翻過去，好好笑；經過一條小路，他回想起跟爸爸上山去載水果時，有兩個車輪幾乎懸在懸崖外，好厲害；看到豬舍，他又說有一回爸爸在高速公路上，遇見一頭大豬掉下來，掉下來就走了。

「為什麼不把豬趕回車上？」我其實聽得有點暈了。

「掉下來就好了呀。」

「那豬不就在高速公路上亂跑？」

「沒有，那頭豬很大，掉下來才好。」

「掉下來，有很多人去追豬？」我立刻開始想像一篇故事：高速公路追豬記。

「喔，要怎麼說你才懂啦？就掉下來就好了呀。」半個老大生氣了，「你是

074

半個老大

老蘇耶，連掉下來了都不知道。」

「豬掉下來，怎麼會好了？」我也很生氣。

「掉下來了，就掉上去了呀。」

「掉下來？又掉上去？」

冰雪聰明的畢拉拉又聽懂了：「老師，他是說有一頭豬掉下來，然後一輛吊車來了，把牠吊上去了。」

哇哩咧，「掉下來」跟「吊車來」，有這麼難發音嗎？我決定回去不打棒球了，先讓半個老大讀《國語日報》，上正音班，不然再聽下去，大家真的會「發轟」。

P.S.

更慘的事在後頭：半個老大興高采烈抵達會場時，比賽已經結束了，他連上場的機會都沒有。所以，他的棒球賽紀錄，留下這麼一段：上場0，安打0，得分0。

交代

一大早，訓導老師坐在辦公室門前。

陽光和煦，鳥聲嘹亮，訓導的臉很臭——他在等人。

等的是半個老大、大姐大和灰姑娘。

為什麼呢？因為昨天半個老大手癢，想學學百步穿楊神功，回家路上拿石頭一直射向三秒鐘弟弟的書包。

如果各位還記得，三秒鐘爸可是全天下最愛孩子的爸比。他當晚得到消息，立刻致電學校：「要給我一個交代，叫對方的爸比出面，不然的話……」接下來的話請參考鄉土連續劇裡的對白，再乘以十倍的力道即可。

身兼班級導師的訓導老師，只好一大早在校門口等。

但別忘了，半個老大家的上學時間永遠飄忽不定：心情好是七點半，心情普

通是八點半，中間的「阿搜比（註4）」有一小時。訓導望穿南港溪的溪水，終於，三姊弟提著餐袋，快快樂樂的出現在校門口。

接著，從八點半直到九點半，全校都聽見訓導對著三個孩子循循善誘：不能用石頭打人，不然，對方爸比會要你們爸比來交代；你們爸比如果不來交代，那可憐的訓導老師只好被人家交代。

九點半，三秒鐘爸又想到一件事，這回直接打來我們教室，說是半個老大在坐公車的途中，也會欺負三秒鐘。後頭的口白如同前述，再乘以十倍力道。

我接班，把三姊弟請過來繼續交代到十點半。

在我交代的同時，訓導老師已經打電話去向雙方家長交代了。

我想，任何一顆頑石歷經這樣三小時的苦口婆心後，應該就能點頭，從此奮發向上。

週三下午，路隊老師氣沖沖的回來：「氣死了氣死了，剛才在路上，半個老大和大姐大，竟然罵其他同學是山豬小隻，是叛國集團……」

「被罵的是誰家孩子？」我問。

她說了一個名字。

我們互看一眼：「慘了。」

下午一點半，電話鈴聲又響了。

註4：「阿搜比」是日據時代傳到臺灣的日語，指彈性的緩衝時間。

第五章

平分天后

平分天后

讀一小段課文，會跳字是正常，吃螺絲很平常，偶爾還會跳行；她的眼睛彷彿裝有滑翔翼，會由第一行落到第三行，但她接得那麼自然，如果不注意，她就會跳行降落成功。

算數學漏寫單位是正常，忘了檢查很平常；歷經千辛萬苦，終於搞定中空圓柱內外表面積，修成正果算到答案是3.142，她還是能抄成3.124，並振振有辭的跟我辯：「差不多啦！」

很困難的數學題，她終於都搞懂；幾番波折，也把算式寫對了，卻敗在最後一關：二十六「平方公分」簡寫為二十六「平分」。

從此，她就叫做平分天后。至於她原來的名字？嗯，還真常被我們給忘了。

前幾天，我發狠要平分天后把積滿物品的凌亂抽屜清空，逼她把東西全放進眼不見為淨的櫃子裡。她用一種不解的眼光望著我，天真的大眼睛，好像我做了多壞的事。問題是，她的桌子上擺著兩瓶鮮奶、一罐果汁，桌邊「哩哩叩叩」掛的是午餐、書法與美術袋，外加一個垃圾袋——難道她要在書桌上做中元普渡？

我想把它們全丟進垃圾桶也沒用，下節課前，它們又會「借屍還魂」，歸回原位。平分天后還會告訴你，這有用，那有用；在她眼中，一個平凡無奇的牛奶盒，也能成為奇思妙想靈感的來源（不過，先清洗一番不是比較好嗎）。

週五的午後，平分天后被我找來，等著她訂正的數學和國語作業，算算也有十來頁。「電腦課暫時不要去，如果訂正得完，再去上體育課。」

小妮子只差眼淚沒滴下來了（她在演戲，不能心軟）。兩節課，我眼觀鼻，鼻觀心，硬著心腸不理她，讓她面對自己的錯誤，一樣樣補回來。

「這個我不會算……那個我明明都做對了呀……會不會老師你的標準答案是錯的？」她在我面前說。

我不理她：「自己的錯誤自己找，自己的答案自己算。」

她搖搖頭，希望我幫忙，我瞄一下算式：列式都對，答案全錯。錯在哪兒呢？加一百會自動變成加一千；小數點跟阿飄一樣，在數字列裡亂挪移；圓周率3.14寫成了4.13。

如果平分天后長大開便利商店，大家記得找她買東西，碰對運氣，她會多找你好多錢。

我拿張白紙給她，請她每行算式重新驗算。

算呀算，耗了兩節課，體育課只剩五分鐘了。小妮子臉色鐵青，有一題她一直算不清，我接過來一看，原來是進退位寫錯了。

我請她在我面前重算，然後我就目睹了世界第九大奇蹟——

一百一十一減八十，她先算成四十一，又改回二十一，然後很奇怪的又變成七十一。

我問她：「啊，你都用心算在算？」（意思是，你都亂算？）

她一臉悲苦的點點頭（又在演戲了，因為下課鐘快響了）。

我說：「你在退位時，可以借一下位，把借的數字先寫在上面。小時候不是都用這招？」

她很高興的說：「對吼，老蘇你怎麼不早講？」

原來她忘了減法的退位——不要懷疑，她是六年級小女孩，如假包換。那她以前那些偶爾算對的答案，是我在做夢，還是她幸運的簽中樂透彩？

前兩天，她還把國語改錯題當成是非題，答案是六個叉叉、四個圈圈。

這就是平分天后。

下課鐘響前我唸了她至少有十頓。她好不容易全訂正好了，我看她那麼可憐，就把小摺腳踏車借她騎一下。

放學時，她在廣場上騎著小摺，爬階梯、滑陡坡，笑得很沒淑女樣。

當然，往後她的作業還是會繼續錯一大堆給我看，而現在，就暫且讓她快樂一下吧！

今晚輪到她媽媽盯著平分天后的功課傷腦筋。下週一……再換我接班。

當福爾摩斯遇見她

當老師，得有福爾摩斯的功力，特別是如果你的學生是平分天后。

週五早上，翻開她的作業，筆跡呈現各類黑灰白色、不規則的排列。我知道，平分天后絕不會是一口氣寫完作業，所以……

「前一半是晚餐前寫的，中間三行晚餐後，最後兩行在吃水果？」我說。

「老師你怎麼知道？」

「晚餐前很沒力，所以字跡很淡；晚餐後筆跡變黑；最後兩行……」我把簿子交給她自己聞，「有柳丁汁的味道。」

她想走，我搖頭：「那……為什麼二十四個圈詞，你只寫了十……十六個？」

她搖搖頭，不知道。

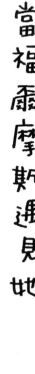

我知道，她不會故意漏寫，一定是……

「一邊看電視，一邊寫作業？」

平分天后笑了：「窗外有小小鳥來吃飯了。」

我懂了，窗外有小小鳥，她貪看小小鳥，寫著寫著漏了幾個詞。

數學卷子最後三題也漏寫了。

「小小鳥還在吃飯？」

「是我睏了。」她說。我可以想像那個畫面：小妮子半寫半玩，寫到凌晨一點，她媽媽受不了了，打個哈欠，饒了她，要她去睡覺。她比個「耶」，又把一個大人整昏了。

上數學課，要畫個圓，她找不到圓規，大半節課都耗在東翻西找上。

「我的圓規……」她無辜的喊著。

我的眼神都可以殺死誤闖課堂的蚊子了，無奈的說：「第一個抽屜。」

「怎麼可能？」

她遲疑了一下，就在我的辦公桌第一個抽屜找到她的小白——白色的圓規。

要自動筆嗎？第一個抽屜。

找彩色筆？當然，第一個抽屜。

要橡皮擦？第一個抽屜裡，堆成一座小山。

問我怎麼找到這些東西？掃教室的同學每天都會很盡責的送來：「老師，無名橡皮擦一個，外加彩色筆一枝。」

我喚來平分天后：「這是你的？」

她有時點頭，有時搖頭，搖頭的時候居多：「應該不是吧？」

最後，我的第一個抽屜都被她的東西占領。

下一堂課就要開始，她又在東翻西找了。

「這回是什麼？」我問。

「我的碗不見了，我找了好多天了。」

我嘆口氣：「第一個抽屜。」

明明前天我就問過，誰的碗不見了？沒人承認。平分天后寧可天天跟廚房媽咪借碗吃飯，也不肯找。

聽說今天做果凍，要帶個碗，她終於想起來該找了。

化石包子

班上小朋友向我告密，平分天后的抽屜裡有一顆肉包，已經發霉了。我拿出來一看，包子外皮都變成綠色的，簡直要變化石了。

我叫平分天后拿去丟，她萬分不捨；肉包下，還有一個癟掉發酸的麵包——我記得，那是開學後沒多久，家長會長送的中秋節點心。

「現在都十二月了，你……」我指著她，心裡其實覺得很好笑，但是又不能讓她看出我快笑場了。

她繼續用天真無邪的眼睛望著我。我只好轉頭，輕輕吁了一口氣。

小朋友們繼續在她抽屜裡探索：「老師，她今天早上的飯糰也沒吃完。」

平分天后的早餐，能從第一節課吃到第四節。我受不了，要她下課來我旁邊吃，我想趁機教她如何專心一致的吃早餐。

她乖乖的到我身邊，默默的啃著飯糰，一小口一小口，然後探頭開始陪我看別人的日記，說同學的八卦，末了還不忘聊聊她們家的雞毛蒜皮事。

等上課鐘聲再響時，她那半顆飯糰只少掉幾粒飯粒。

我突然想到，再聽下去，我也要變平分天師了。

「去，離我遠一點，限你一分鐘內吃完。」我笑著大吼。

她很正經的說：「老蘇，早餐要慢慢吃，我們家隔壁就有一個……」

仇家

平分天后有仇家。

照理說，我們是小班級，應該人人相親相愛，團結一心。但是，我們班這些孩子就像東太平洋某個小島的政治局面，那種對立即使是大羅金仙（註5）也無法化解。

平分天后與仇家三秒鐘之間的「戰史」，目前可考的是，打從兩人幼時初見，平分天后推了三秒鐘一下，三秒鐘回拉平分天后的辮子後開始算起。至於需不需要回溯至兩位媽媽住同一家婦產科醫院的時期，猶待我去考證。

總之，前幾年的戰爭我來不及參與，但是經過這一年半的相處，計有以下諸番慘烈戰役：

戰役一：三秒鐘取笑平分天后個子矮，平分天后罵三秒鐘媽媽不愛她，兩人

大打出手，雙方都哭，一比一平手。

戰役二：平分天后取笑三秒鐘英語爛，三秒鐘罵平分天后數學不佳，兩人互推各自掛彩，三秒鐘哭，平分天后沒哭，平分天后獲勝。

戰役三：老師有心化解，命兩人同掃廁所。那天，兩人以馬桶刷大戰菜瓜布，各自在臉上留下精采的印記，算是不勝不負。

兩人平均一天一小吵，節慶日放假後返校上學，加倍大吵補回來。

每回把兩人叫來，結果都是平分天后用天真無邪的眼睛望著我，而三秒鐘多以哭泣收場。

一個用無辜狀來博同情，一個以淚水當武器；我是天平，必須在兩個戰場老手間扮演魯仲連（註6）或包青天。

勸著勸著，我也評斷不出個所以然，因為事情原委在兩個小女孩的口中，越說越撲朔迷離。

難道這世間真有化不開的仇恨？

今天午休，我一腳踩進教室，教室裡異常的溫馨——原木地板上，有兩人手勾手、腳連腳的躺著。

「莫非打到不省人事？」我心一驚。

我急忙奔向前，好心要幫忙急救，卻發現事情不對勁：三秒鐘在幫平分天后綁辮子；平分天后依偎在三秒鐘的懷裡，拉著自己的頭髮，淺淺的笑著。那甜蜜的樣子，簡直是母猴為小猴扒捉虱子的翻版。

「你們……你們不是仇人嗎？」我說。

兩小妮子同聲回答：「現在不是。」

原來，「西線無戰事」（註7），就發生在我們班的午休時間裡。

午休後是英語課，沒多久，班長匆匆跑來報告：「平分天后和三秒鐘又吵起來了，連英語老師也拉不住了。」

果然——

幻象只能在夢境，或許，我是在午休時間做了一場夢。至於現在，我還是去勸架要緊。

註5：「大羅金仙」是道教神仙的一種，為神仙等級中最高的。

註6：「魯仲連」是戰國時代齊國的遊說名士。

註7：「西線無戰事」是德國小說名，引申為「一切沒事」的意思。

耶誕節的奇蹟

「砰」的一聲，耶誕樹倒了。小美女畢拉拉對著那棵不會動的樹生氣：「畢啦……討厭，討厭，真討厭！」

說的也是，同學都去打棒球，她沒被選上當球員，只好來幫我布置耶誕樹。但是我事情多如牛毛，只好拜託她全權處理。

一節課過去，我再回教室，耶誕樹躺在地上死翹翹，動也不動。閃亮亮的彩帶東一坨西一坨，凌亂的場景讓我想起二戰期間的諾曼第海灘。

第二節下課，畢拉拉很高興的被叫去打球了，留下我面對等待重建的廢墟。

第三節課故事媽媽要來說故事。上課鐘響前，我恰好看見平分天后在附近東晃西晃，大概又忘了她也要去打棒球，張著一雙特大號會電人的眼睛「蛇」來我旁邊。

我開口：「教室那棵樹……」

「我去。」平分天后跑走了，本來在我旁邊看書的大姐大也走了。

我留下來繼續聽故事媽媽說故事。等到下課鐘響，回到教室……我該怎麼形容眼前的景象呢：

一縷冬日朝陽，燦亮亮的照在我們的樹上。一條條銀白、金黃的彩帶由樹頂向下垂落，配合著因陽光折射而產生的五彩顏色，依序拉成一把花傘似的。短的、不夠長的銀色帶子，被打成一個個蝴蝶結，權充樹上的裝飾；最大的藍色蝴蝶結放在樹頂，變成美麗的伯利恆之星。

我沒看錯——原木地板擦過了，垃圾打包丟進桶子了。

平分天后還不滿意，她搖著頭，東拉一下，西拉一下：「樹下面太亂了。」像個品牌設計師般發言。

上課時，我著實的誇獎她一番。

猶記得上回畫城堡，我這種程度的美術老師，老實的教她們畫一座普通的童話城堡，就是有磚牆、尖閣那種。其他孩子跟著照樣畫葫蘆。平分天后畫的是

「霍爾的移動城堡」甲蟲版，連平媽都說，沒想到女兒會這麼想。

上週做耶誕卡，平分天后用一塊不織布做成一個背著袋子的耶誕老公公，頭大身小，讓人忍不住就想笑。

我帶隊去臺北書展表演，她隨手把舞臺布景打好草稿，以供全班著色。

表演完的午餐時間，我拿了一個懷錶，她配合我玩起魔術師催眠的遊戲，唬得那些低年級的孩子一愣一愣的。

看起來很天才對不對？

唉，這些事件的真實版在後頭：

美術課的城堡畫好後，平分天后卻沒耐心上色。兩個月後，城堡依然一片灰白。不管有沒有創意，至少班上同學都交了耶誕卡作業；平分天后那張原創性十足的耶誕老公公卡，在我三催四請後，完工日依然遙遙無期。

至於那塊舞臺布景，她只負責上色一小塊招牌，這塊招牌後來全毀；再買一塊布給她畫（六百塊一張），她下第一筆，就成了災難。

那……今天教室裡的耶誕樹……難道是耶誕節的奇蹟？

第六章

大姐大

雄獅

大姐大的頭髮，像一頭威猛的雄獅。

問題是：她是女生，小六的女生。

書法老師膽子小，她說每回上書法課，都看到我們班多了一頭黑色雄獅，埋伏在課桌；獅子偶一抬頭，她才驚覺底下是個可愛的小女孩。

大姐大告訴我，說是小時候被阿姨的剪髮神功給剪壞了。

「小時候？那長大應該就會變回來了呀？」我問。

「我媽說阿姨的剪刀太厲害了。」她拿小時候的照片來證明。果然，小時候像柳丁妹，現在像河馬戴上爆炸頭。

要她綁頭髮，她說頭髮太短。

「請媽媽幫忙呀！」我說。

「媽媽沒空。」她補充，「她顧店很忙。」

學校的偶戲比賽前，我實在忍不住，再三叮嚀：「你自己把頭髮綁一下嘛，不然，觀眾看不到偶，只看到一團黑色米粉在操偶。而且我們的偶戲臺也是黑色的，那不就……」

大姐大瞪了我一眼，「煩咧！」她說。

我猜，這叮嚀大概沒有用。

隔天早上，我背包裡備有向女兒借來的髮圈、髮夾、髮雕和橡皮筋，外加一雙筷子（古裝片裡，女主角的頭上不是都要插一根筷子？）。

清晨五點十五分，大姐大準時出現在學校，頭髮綁得整整齊齊，多出來的鬢髮，還用夾子拉到頭頂。

「漂亮！」我由衷讚嘆。

她笑：「媽媽綁的。」原來大姐大的媽咪也能早起為孩子綁頭髮。

隔壁班老師也誇了一句，她笑得更開心了。

平分天后走過來，我向她眨眨眼，她果然是我的高材生：「喔，大姐大，你好美喔。」

三秒鐘、班長和大胃王，每個孩子都很識相的上前誇誇大姐大。那天，我的相機鏡頭只要找到她，都可以看見她的笑容把螢幕塞得滿滿的。

從那天開始，雄獅頭不見了，班上多了一位活潑俏麗的小美女。

「要一直漂亮到畢業喔。」我說。

她點點頭：「好啦。」臉上露出很給面子的那種微笑。

請體諒一個小學畢業班導師小小的驕傲感——說不定她真能從此改頭換面，美麗到永遠……

上學記

嘴巴翹得可以吊三斤豬肉有餘，低著頭似乎遍地皆有黃金──八點三十七分，大姐大來上學，一副標準的遲到姿勢。

大家都說她起床氣很重。果不其然，一個學期下來，每天都要來這麼一遍：

問她：「為什麼遲到了？」

不說話。

問她：「為什麼作業都沒寫？」

不說話。

我像在跟石獅對話，再多問兩句，她豆大的淚水開始攻擊地球，滴滴答答，可以讓海平面急速上升。胖胖短短的手指，憤怒的抓著筆，啪，筆心斷了。

一整天七節課，我每一節都在對著石獅傳道、授業與解惑。

我與大姐大的父母親談過，但沒有用。

大姐大依然不寫作業，上學照常遲到，而且日益嚴重。

最誇張的一次，九點二十分了，三姊弟才由大姐大帶隊進校園。

常常是我們在升旗，三姊弟一個一個走過隊伍前，就像國慶日的閱兵儀式。

常常是同學結束晨讀，寫完早自習作業，跑完操場做完運動了，三姊

弟才終於打著哈欠走進校園，彷彿督學蒞校視導。

常常是我在上班途中經過她家，大門敞開，車子停在廣場，我知道大姐大一家五口猶在夢鄉。

直到昨天，早晨七點十五分，我開車經過大姐大家門口，咦？三個孩子站在冷風中等公車。

我的下巴都快掉下來了，急忙看看天空——西邊沒有太陽爬出來，今天也沒有下紅雨的跡象……

難道姊弟三人同時做噩夢？

還是鬧鐘神奇的修好了？

或是……

大姐大拉開我的車門，笑嘻嘻的。

我問：「今天怎麼這麼早？」

「老師，我們有定鬧鐘呀。」小妹灰姑娘

笑著說。

大姐大拉開背包，秀出她的乖乖、蝦味先和芥茉口味的蠶豆酥。

「老師，請你吃一塊。」大姐大熱情的口氣，讓我受寵若驚。今天沒有起床氣，也沒有擺臭臉，我高興得只差沒唱出「哈利路亞」了。我奢望了一下，吞吞吐吐的問起作業……什麼的……

「全部都寫完了呀。」她狂笑著揚出作業簿，不管是國語、數學、作文還是日記。

「我昨天傍晚五點半就全都寫完了，」大姐大興高采烈，「寫完媽媽還帶我們去超市買零食喔。」

她沒見到我眼眶含淚。我激動的看著駕駛座上媽祖婆和財神爺的平安符，心裡慶幸平時的祈禱果然有用，能讓大姐大一夜之間，由一個不寫作業、天天遲到、日日用起床氣魔咒氣我一整天的小女孩，在今天變得準時上學，還帶一堆餅乾來請我。

不對，那些餅乾……，我突然想起來，今天明明就是……

三個小孩在我車後座分享零食，你給我一顆水果軟糖，我送你一塊蠶豆酥，全不管我車上禁止吃東西的規定。更讓我生氣的是，車子到了學校，遊覽車就停在校門口。

唉，今天是戶外教學日。只要碰上出去玩的日子，大姐大再早都會起床。

果然，要等她自動爬起來上課，真得等到太陽打西邊出來的那天。

家在兩個方向

大姐大回家了。

我送她上公車，她在車裡用力揮著手，臉上都是笑。

她爸爸還沒去另一個小城擺攤前，大姐大和半個老大下課後總是先回到媽媽的店裡。小小的商店後頭有臺小電視機，回媽媽店裡，三姊弟可以看看電視，再一起玩。

自從大姐大的爸爸又在另一個小城擺起攤位後，每天放學，學校的導護老師就要送三姊弟坐上不同方向的車：灰姑娘去山城媽媽的店；半個老大和大姐大要到小城找爸爸，車行二十分鐘，下了車，兩人再走到爸爸的水果攤位。

這麼冷的天氣，那攤子的四周沒有任何遮蔽，只有一個「冷」字可言。

我小時候也擺過地攤，我知道這種冷得透心的滋味。全身上下都要包得緊緊

的，不能讓一絲風滲入。

大姐大的爸爸野心很大，除了有雙城設攤的大計畫，還在另個鄉鎮成立一個水果篩選工廠。聽孩子說，爸爸每天都忙到很晚才回家。很多時候，大姐大和半個老大要自己收攤子；然後在這溼冷的天氣裡，兩姊弟在你我擁衾入眠的冬夜，走過那條幾無人跡的長巷，揉着愛睏的眼睛，走到小城公車站。我猜他們一定上車就睡了，因為大姐大說過，他們曾經坐過頭，又自己走路回家。

最近一陣子，大姐大總是很難把功課交齊。我盡量協助她在學校寫完，好去爸爸的攤子那裡「上工」。

令人安慰的是，她會在攤子上練書法，半個老大也是。

這學期，大姐大讀完五十本小說了，獎勵是可以跟大家去集集搭小火車，看得出來她非常興奮。

大姐大的爸爸幾乎不帶他們姊弟出門玩，她早早就跟我預告：「爸爸說今年要做生意，不能回外婆家。」

其實除了今年，去年、前年和大前年也幾乎都是這樣。

而回外婆家卻是他們家孩子最期待的事。

本來下午我要和同事去找大姐大的爸爸談談，她爸爸卻說自己不在攤子上，他很忙，他要去水果工廠，他的事業做得真的很大……

傳奇

每個學校都有一段傳奇故事，而我們學校的傳奇來自一個水果攤。

那天，一位白髮蒼蒼的阿公牽著小孫女的手，走到了水果攤。阿公想要買點水果，沒想到顧店的是半個老大，喔，不對，在水果攤旁邊玩的是半個老大。白髮阿公問他水果一斤多少錢，半個老大根本不理他：「你不會自己看喔？」

如果在超市，講這話當然對，因為明碼標價，童叟無欺；不過，這兒只是水果攤，水果不會說話，看哪兒呀？

幸好，阿公發現店裡還有個臭著臉的小女孩，那是大姐大。

大姐大為什麼臭著臉呢？其實是她的起床氣還沒消，另一方面是她想到作業很多，多到她根本不想寫；可是想到沒寫作業，隔天會遇到老師，老師如果臭臉起來，絕對比她臭一百萬倍。

大姐大面前擺了一個水果箱權充書桌，用墊過便當的報紙當墊布，再攤平從書包裡撈出來的破爛棉紙，胖胖短短的小手緊抓毛筆，正寫著書法。

白髮阿公雙腳定住，手指頭微微顫抖著問：「妹——妹——你——在——寫——書——法？」

大姐大臭著臉不理他。我可以猜出她的心思：「啊你是沒看見喔，看見又要問，啊是怎樣啦……」

沒想到的是，阿公不以為忤，忙把小孫女拉過來：「你看大姐姐，又要幫爸爸顧水果攤，又要寫書法，簡直是忠孝兩全，真是了不起。」

忠孝兩全不是岳飛嗎？什麼時候輪到大姐大？

小孫女不懂書法，但是阿公都這麼說了，她當然也很好奇：「姐姐，你寫的是什麼字？」

如果是今天，大姐大說不定會告訴她，她寫的是永字八法裡的第幾法，或者是誰誰誰的法帖第幾字。可惜的是，那天大姐大剛上完生平第一堂書法課，還是第一次寫功課，初學寫個「一」元復始的一字。

小粉絲等著她發話，她卻無話可答，怎麼辦呢？她只好繼續臭著臉，連嘴角都不拉。

阿公以為大姐大太專心，匆匆拉著小孫女走出水果攤，還不忘警告她：「別吵姐姐，她正在寫書法。」

從此以後，大姐大有了粉絲。白髮阿公會在帶孫女回家的路上，特別繞來水果攤。半個老大依然在攤子邊跑來跑去，順便把手圈起來當大聲公：「姊仔，你的粉絲來了。」大姐大早已準備多時，鋪紙磨墨運氣凝神，好整以暇的等著白髮阿公過來，好開始運筆寫字。

「哇，大姐姐好厲害！」小孫女拍著手，讓只會寫「一」的大姐大下定決心，一定要把書法練好，才不枉費這祖孫二人的「識人之明」。

此後上起書法課，大姐大總是交來最多作業。不必老師逼，她還會額外多寫幾張當作禮物，原因無外乎：「粉絲太熱情，不寫不好意思。」

可想而知，她的字越寫越好，嘴角越揚越高。大姐大寫書法，自此變成我們學校的傳奇之一。

讓我遺憾的是，白髮阿公怎麼不順便誇她數學、國語也寫得很好？不然，我也不用每天早上觀察太陽到底從哪邊升起來：

日出東邊，表示大姐大不交功課——極為正常的事。

日出西方，表示大姐大所有功課都交齊了——這是我做夢時才會發生的事！

一顆水蜜桃

有一天放學時，辦公室桌上，出現一大顆粉嫩的水蜜桃——同事送的，一人一顆。雖不能與王母娘娘的長生不老蟠桃相比，然而看那天生麗質的水嫩模樣，直逼無錫陽山水蜜桃。

我立刻想起我太太。我們每年千里迢迢到中國大陸，為的也就是這一味，敞開肚皮放膽大嚼，不吃個十斤、八斤絕不甘心回臺灣。

於是我用一種近似於崇拜的姿勢，小心的、百般呵護的輕輕捧起它。

才剛走出辦公室——

「水蜜桃！」背著書包的大姐大指著它大叫。

「啊！你們家賣水果，」我放心的說，「你識貨。」

「可惜我爸已經很久很久沒有賣水蜜桃了。」

這天，半個老大和灰姑娘只讀半天班，姊弟三人只剩下大姐大，我讓她搭我的便車回家。

我把水蜜桃擺在飲料架上，一路上，大姐大的話題，不斷的圍繞著它。

「我媽好愛吃水蜜桃喔。」

「師母也是耶。」我說，「我教過一個學生住在清境農場，她們家水蜜桃結果時，我都會上山去採。」

「我媽說她當年就是吃了水蜜桃，我才會長這麼漂亮。」

哦？原來水蜜桃有這種功效。

「可是我爸都不賣水蜜桃，害我媽都沒水蜜桃吃。」

原來賣水果的人家，也會有吃不到的水果？

「我好想好想送媽媽一顆水蜜桃。」

咦，怎麼回事？我怎麼越來越有大「桃」不妙的感覺。

大姐大決定讓我心痛，所以她再嘆了一口長長的氣：「唉，要是媽媽看到水蜜桃，一定會……」

再笨的老師，聽到這裡也該懂了吧？我太太今晚真的沒有口福了。

「大姐大，水蜜桃送給媽媽吃……」

接下來的畫面，各位可以想像：一個事母至孝的小女孩，手捧碩大粉紅水蜜桃，滿心歡喜雀躍。而我……我吞口水的聲音，想必她都沒聽到。

事情過了一個月，有一天，我去她家水果攤做家訪。

不知怎麼的，談到了水蜜桃。

「聽說您愛吃水蜜桃？」我問大姐大的媽媽。

大姐大媽媽搖搖頭：「沒有啊，那麼貴，很少吃呢。」

「可是上回，」我看了大姐大一眼，「她說……」

接下來，請各位再發揮想像力：一個假借母親愛吃水蜜桃而騙走一顆水蜜桃的小女孩，不斷的挪移身體，逐漸隱沒在西瓜和鳳梨的後面。

灰姑娘小妹作證：「姊姊那天帶了一顆水蜜桃回來，說是老師請她的。她自己邊洗邊削邊吃，最後全部都吃光了。」

因為這件事，我唸了她一次，要她下回想吃就直接說，不要演這種戲好不好？（後來我自己覺得太好笑了，哪有小孩為了水蜜桃，連媽媽都能出賣。是要說她天真可愛還是可恨？）

今天放學，辦公桌上又有一顆碩大的柿子。我左看看右看看，幸好今天大姐大不搭我便車。其實，我太太也愛吃這種柿子的。

「柿子現在被切成了十六片，以同心圓的隊形待在盤裡。」當我寫到這句話時，我恰好咬了一口，嗯，真甜。怪了，怎麼吃著這顆柿子，倒有種罪惡感升起來了？

第七章 美少女畢拉拉

畢啦

小美女畢拉拉的口頭禪，就是個「　　」字。這個字，人人都有，但是因為說出來實在不雅，容我暫時把這個代表某種氣體的字留白。

畢拉拉的姊姊我教過。畢姊身強體壯，打籃球時駐足籃下，高舉雙手，即使是麥克喬丹，也只能望籃興嘆。畢姊雖然是籃下高塔，但因為跑動實在太累了，她大多只擔任防守重責；進攻時，就留其他四個打人家五個，因此，敗多勝少。

畢家哥哥們，個個生龍活虎，只是其貌不揚，絕不是其他小女生愛慕的對象。唯獨畢拉拉，從小脣紅齒白，像花兒一樣的漂亮，而且她乖巧聽話、有問必答。教到她，說真的，我都覺得是當老師的福氣。

直到那回，下課時間，孩子們在操場上打球。我遠遠的路過，聽到那個字眼不斷的被提起與傳頌：「畢啦！」「畢啦！」

我們學校的孩子很少有人會罵髒話的，連這種「表氣體」的字眼都幾乎沒聽過，但今天——

我快步跑過去，遠遠的看到畢拉拉正在罵平分天后：「畢啦，你畢啦。」

我還呆呆的問她：「怎麼了？平分天后打球時，不小心放了一點氣體嗎？」

畢拉拉很氣憤的說：「不是，她剛才又……」

「那就不是氣體的問題？」

「她太白目了。」小美女畢拉拉還在生氣，她卻看不出來，我也在生氣。

她氣平分天后，我氣她——好好一個小女孩，沒事何必把由另一頭出口的氣體掛在這一頭呢？

自此以後，她也成了我的桌邊常客。只要一有空，我們師生就要來一場道德與禮貌重整的對談。

「常罵髒話不好吧？」

「不會呀，這種氣體人人都會排放呀。」

「但像你這麼可愛的小女孩，整天畢啦、畢啦的嗆來嗆去，不好看啦。」

「可是我不覺得呀。」

「但我覺得呀。而且班上其他小朋友說不定也不愛聽人家罵畢啦、畢啦。」

「不會呀，他們也常常說。」

我眉頭一皺，難不成人人都成了小小畢拉拉？

我問：「真的嗎？可是大家都說只有你才會這麼罵呀？」

畢拉拉哼了一聲：

「畢啦，他們也都會罵呀，還有……還有……只要老師你沒看見時，他們就會……」

我的椅子往後一退：「等一下，倒帶倒帶，回到最前面——你剛才罵我？」

「畢啦，我怎麼會……」

小女生

我不懂女生。

小女生很麻煩，心情複雜難捉摸，像洋流變化；心思很細膩，像是美少女畢拉拉的髮絲。

畢拉拉有一頭捲捲髮，黃黃的，短短的，猶如小公主。

上國語課，畢拉拉不斷的拉著頭髮——是要把它拉直嗎？

她笑一笑，不理我。

數學課時，她的手也沒停，幾縷髮絲在她食指上繞呀繞呀，繞得人發愁了。

「是想把頭髮弄得更捲？可是本來就很捲了呀。」我說。

她繼續笑，頭髮繼續繞呀繞。

拍照的時候，畢拉拉把整個瀏海往前往下拉。照出來的相片，她的頭髮以

下，鼻子以上，張張都是烏嘛嘛，看不見眼睛。明明她的眼睛好圓好亮，笑起來像彎彎的月亮。

我猜：「你是點了眼藥水，怕太陽光吧？」

畢拉拉差點要送我那個「　　」字。她瞪完我之後繼續拉頭髮，繼續壓頭髮，害我對著照片發愁——怎麼辦呀，每張看來都像「短髮貞子」！

我把照片遞給她自己看，她哼了一聲，不說話。

但下回照相，嘿，畢拉拉的瀏海不見了——原來多了髮夾，把那些不乖的頭髮往兩邊分開。

我的勸告有用，但是她不會面露領情的樣子——這是少女的心思，凡事只可意會，不能言傳。

我好像稍稍懂了，乖乖閉上嘴巴。

上書法課，畢拉拉寫字好認真，一筆一畫，雙手沒空拉頭髮。

上美勞課，她要縫娃娃，兩隻手來來回回，很忙。她最近忙著織圍巾，說是要破紀錄，一天就要織好一條送給〇〇〇。

〇〇〇該填進誰的名字呢?我不能問。

上課請她上臺發表、介紹,她忙得樂極了,東邊討論西邊研究。至於捲髮捲不捲?她好像也不太在乎了。

原來,只要她閒閒坐著,手就會開始忙著;如果她很忙呢,那些捲捲的頭髮,就有機會閒閒的捲著。

我是林書豪

突然，籃球又開始熱門了起來。教室裡本來有三顆放到快沒氣的籃球，這兩天出借率驀然大幅提升，每節下課都有人帶它們出去玩。

當然是拜林書豪所賜。

之前，班上的小王子以王建民為師，天天回家苦練各種他說得出口、而我猜不出來的球種：指叉球怎麼扣，下墜球如何出手，蝴蝶球又是怎樣施力等等。

這兩天不同。王建民已如昨日黃花，小王子每節下課都第一個向籃球場報到。不過，小球換大球，新學乍練，百投不進，他仍然玩得很開心。

三秒鐘呢，她是另一種典型。如果和她同一隊，你會看到艾佛森（註8）附身在臺灣山上一個小女孩的身上，以「獨」霸天下之姿，睥睨全場。

她有「百步不進」的神功，不斷出現「兩手同時運球」與「一直走步死不承

認」的絕技。更重要的是，她只要一拿到球，沒讓她投進之前，她絕不傳球。

畢拉拉是非典型籃球員。她像沒事人般站在三分線外，不管你是不是和她同一隊，總之，一節課裡，我會聽到一大群孩子不斷呼喊她的聲音：

「畢拉拉，球滾過去了。」

「畢拉拉，你要注意啦。」

「畢拉……」

一顆籃球在小朋友驚呼聲中，「咚」的一聲，掉在她頭上。

畢拉拉揉著頭，一定很痛。

被球打到後，多數的時候，小美女畢拉拉會很靦腆的笑一笑，不是去把漏接的球撿回來，就是把無意間到手的球慌張的傳出去。大事抵定後，繼續扯她的頭髮做造型。

或許你會問，那我呢？

籃球是我的最愛，在我找不到任何一個擅長的運動裡，籃球是我唯一的長項。媲美姚明在NBA裡大殺四方，我搶籃球，我擦板，我還能蓋火鍋；種種跡象顯示，若不是當年錯塡志願，今天我就是林書……

大胄王把球從我手中搶走，「導仔，你老是跟國小學生搶球，很沒品耶！」

他終於看出我的陰謀了——不然要怎樣，人家也愛看林書豪呀。

註8：艾倫．艾佛森（Allen Ezail Iverson）是美國ＮＢＡ球員，於一九九六年正式成爲職籃球員，二〇一三年退休，並於二〇一六年入選ＮＢＡ籃球名人堂。

畢媽媽

畢拉拉的媽媽是我見過，最「麻利（註9）」的媽咪。

想當年，畢爸爸在當士官長，一年到頭都不在家的時候，畢媽媽要獨力帶四個小孩，一個人在山上養豬、種菜，還要管理果園兼擔任一家瑤池金母廟住持的工作。

更神的是，畢媽媽一點也不覺得累，每回都用那臺一五〇的重型機車，把四個小孩同時送到學校來，一部車五個人。我們這兒的警察也很有人情味，大概知道畢媽媽養家不易，從沒找她麻煩過。

她有一堆信用卡。你很難想像，在山區這麼偏遠的地方，有個腳穿過膝雨鞋的媽咪，拿著信用卡，不厭其煩的向我解釋，哪一張幾日到期，哪一張的年利率最低，哪一張用來繳稅最省，還有多少回饋金。

我身上只有一張信用卡，而且我也搞不懂這些年利、稅率，於是，我更加對她敬重起來。

說起畢媽媽的教子哲學，也不簡單。她把四個孩子都照顧得白白胖胖。孩子一律學心算，從幼兒園學到國小，學到獎盃太多了家裡擺不下，最後還要暫時放到廟裡去。那些心算比賽的獎盃，一座座都比小孩的身高還要高。

前三個孩子的功課都不錯，只有畢拉拉好像差了哥哥們一截。畢媽媽不止一次跟我提到（還故意在孩子面前加重語氣），如果小孩不愛讀書，國中畢業就送去「電頭毛」店學功夫。

我知道畢媽媽用心良苦，這大概是激將法。

讓人搖頭的是，畢拉拉聽不出媽媽的弦外之音。她整天在教室拉頭髮，扯呀捲呀繞呀，還真被她玩出一頭捲捲的「頭毛」。

我想畢拉拉以後真的不必去學功夫，她已經練成了用「手」電頭毛的神功。想讓畢拉拉電頭毛的朋友可以報名，場地在本班教室，時間以國語、數學與社會課為佳——那三節課，畢拉拉的神功特別厲害。體育課時機不對，因為你必須一邊被她電頭毛，一邊躲男生K來的躲避球。美術課也不行，畢拉拉會專心對付那枝快沒毛的水彩筆，沒空理你的頭毛。

畢媽媽或許可以考慮用另一款激將法：「啊——再不讀書，就不讓你『電頭毛』，讓你替媽媽去餵豬。」以畢拉拉如此愛美的個性，或許有用也未可知。

註9：「痳利」是形容一個人很敏捷、老練的樣子。

第八章 大胃王

錯字天王

終於談到大冑王了。

他的錯字，是把大「胃」王寫成大「冑」王。跟他說字寫錯了，他很認真回去翻書，然後還憤憤不平的說，就是吃很多，吃到撐出來，沒錯呀。

我知道，他是憤童，犯錯的是倉頡老先生——當年造的字就錯了，「胃」應該是「冑」，「冑」應該是「胃」。

剛教大冑王的時候，我覺得他是個循規蹈矩的小五生。

我還跟大冑王媽咪說：「這孩子不錯，反應好，數學理解力佳。」

大冑王媽咪看看我，一副「老師，你在誇的，敢有影是阮兒的囝？」

沒多久，我就知道原因了。

一篇兩百字日記，我一共圈了十六個錯字。真是圈圈相連到簿邊。

我圈一個錯字，把正確的寫在旁邊；他改一個錯字，把錯誤的再寫錯一次。

「仔細看嘛。」我說。

他點點頭，乖乖改。但改不勝改，好像在考驗我的耐心。

我把規則改成：只圈不寫，你自己查字典。大胃王的錯字量就明顯下降了。

不過，他還是振振有辭：「看起來都差不多啊！」

他說的是「的」和「得」；「再」和「在」。五年級的孩子，就是不肯多花一分力氣去理解。

升上六年級了，錯字總不能一直這麼多。

我瞄一眼他的日記：「三個。」

他問：「哪三個？」

我也學壞了，笑笑的說：「自個兒找吧！」

他終於愁眉苦臉：「有嗎？有嗎？」

大胃王用了三節下課時間，想求小王子幫忙，被我制止；他想問班長答案，我把班長趕去打球。

結果他用一種懷疑的口吻，抱著簿子來問：「是這三個？」

我搖頭，樂透摃龜的表情瞬間爬上他的臉；我點頭，他立刻長吁一口氣。

當然，也會有那種時候，像被雷電劈到的機會般——

「導仔，明明有四個，你怎麼少說一個？」大胃王問。

我看一眼簿子：「真的耶！」

我誇他一句，這回他又要臭屁了：「原來導仔也有失手的時候。」

「小孩，我故意的，你知不知道？」

明明錯字都是他自己寫出來的呀！他卻一臉賊賊的笑，一副「我終於比你厲害了」的樣子；那表情就是個大孩子，一點也不像六年級了。

三根熱狗的愛戀

人對食物的愛戀，打從嬰兒時期即起。家裡食指浩繁的孩子，與獨生子女相較，每每對食物的渴求超乎一般人的想像：吃得最快，搶得較凶，然後等待機會，再搶一塊。

大胃王就是這樣的孩子。

其實教到這孩子，我有很多的感觸。看著他，想起我的童年：家裡兄弟多，一隻雞兩條腿，永遠輪不到老大吃雞腿。

去參加樂樂棒球賽前，我和大胃王約定，只要他擊出一支全壘打，就可以獲得一根熱狗。

平分天后的嗓門大，加油詞已被她改成：「熱狗熱狗大熱狗，舉起你的右手，全壘打全壘打；舉起你的左手，吃熱狗吃熱狗。」

不明就裡的敵隊，以為全壘打線外出現熱狗小販，頻頻張望。我忍著笑，任憑平分天后叫。

叫呀叫呀，第一天，大胃王擊出了一支全壘打；第二天加倍，一次擊出兩支全壘打。

兩天賽程結算下來，大胃王個人獨得三根熱狗。比賽雖輸，但熱狗猶在，值得慶賀。

放學時間，我經過一年級廁所，除了聞到令人掩鼻的氣味外，突然瞥見一個人影，趴在洗手臺前，久久不動。

那人怪怪的，莫不是吐了嗎？走上前，是大胃王。

「怎麼了？」我問。

這孩子不抬頭，我以為他是棒球賽輸了在哭，走上前去，拍拍他肩膀──喔，天哪，就在這「X」味四溢、「XX」滿盈的廁所裡，我們班最像男子漢的大胃王，嘴裡塞滿熱狗，一手抓著一根，另一手只剩空袋子了。

他的眼眶含淚（實在太痛苦了，一次塞兩根耶），嘴巴暫時說不出話來。我看著他，退了一步，又一步，退到走廊後開始狂笑。

一次勇奪三根熱狗的大胃王，因為怕被別人搶去，所以躲起來享用。但什麼地方人少呢？他想到了廁所。只是那裡人來人往，因此要吃快一點；而吃一根太慢，乾脆兩根同時塞……

雨中接送情

中午，突然下了一場大雨，教室與餐廳間，有一段路沒有遮雨棚。

小朋友來上學時，天氣還好；中午莫名的大雨讓人措手不及，只好有勞班上兩位小男生負責持傘接送。

兩個男生，要送全校的小朋友到餐廳，我站在旁邊，看他們怎麼處理。

小六的男生，開始懂得男女什麼什麼不親了，撐傘接學弟沒問題，但換成小學妹，兩個人就你推我，我推你，一副心不甘情不願的樣子。

問題是：雨很大，小朋友很多，大家都肚子餓，不送也沒辦法。

可是一人一把傘，一把傘一次只接一個小女生，那要花多少時間呀？

「多加送一個學妹吧！」我說。

「喔，是女生咧！」小王子說。

「那怎麼辦？」

機靈的大胃王，立刻去找護士阿姨借了第三把傘。現在，他一個人有兩把傘，一次帶兩個小女生過去。

笨的是，他左右手各拿一把傘，自己站在中間，然後，大雨就紛紛淋在他的頭上臉上。

小王子笑他：「你把傘借女生撐，自己再撐一把嘛！」

大胃王懂了。這會兒，他一把傘給小女生撐，那把傘能遮三個人；他自己再撐一把漫步過去，把傘拿回來，回來還看我一眼，意思是：「我很聰明吧？」

我搖搖頭，指指傘，指指身邊一大群小朋友，意思是：「還有這麼多人，有沒有別的方法？」

他終於領悟了，把兩把傘借六個小女生，自己撐著小王子那把過去收傘。

大胃王回來時揚著頭，大概是說：「怎樣，不錯吧？」

我又搖搖頭。身邊更多小朋友了，大家都想吃飯，這麼一回渡六人，要渡到民國幾年？

你猜大冑王會怎麼做？

或許你猜了很多種可能，不過，最後大冑王直接把傘塞進小學妹的手裡，招呼她們「去去去，趕快去吃飯」。

三把傘，九個小學妹，嘻嘻哈哈過馬路，進餐廳。

而這位可愛的六年級大哥哥，就在我來不及喊停的驚呼聲中，英勇的淋著傾盆大雨過去收傘。

這孩子回來後，很得意的看了我一眼。那眼裡的意思我懂，絕對是：「啥款，一次九個小孩，是不是很快！」

親愛的孩子，佛陀捨身救人的精神，大概指的是你吧？

但辦公室裡，明明就有幾把愛心傘，你怎麼沒想到要去找？

模範生

大胃王當選了今年度的模範生。

其實也該輪到他了。一學期選一次，總共十二次，班上也沒幾個孩子，每個人至少也會輪到一次。

他從沒輪到過，這是第一次，所以我很慎重的告訴他：最後一年的最後一次模範生，要去接受校長表揚，行不行？

「現場有點心吃嗎？」大胃王問。

我看看行程表：「有大餐。」

他安心的點點頭。

大胃王以前當升旗大隊長，口令都是隨便下，現在當選模範生，訓導主任跟他說：「你是模範生耶！」從那天起，他的口令再也不用人家指正。

上主任教的自然課，以前他是憤童，現在他是模範生。

他想頂個嘴，主任就冒出一句：「模範生要做大家的表率。」自然課從此平安無事。

他的閱讀點數不夠，我跟他說，模範生都是……

他的字太醜太草，整個早上他的作業重寫了兩遍，準備要被退第三遍，他的嘴巴就翹了起來。我說：「嗯，模範生都……」

午休，我勸他鐘響十秒就睡覺，不能跟同學聊天，因為模範生……

午餐打飯菜時不能像以前一樣，撈豬大骨回來啃，因為模範生……

「模範生」像是孫悟空的緊箍咒，這魔咒到大冑王領獎前應該都有效；但我猜，領過獎後，他會不會突然明白，然後說：「導仔，我可不可以不要當模範生了？」

天才

天才，天才，真是跆拳道界的奇葩。三秒鐘只不過去上了四堂跆拳道課，最近首次出場比賽，已經勇奪銅牌，載譽歸校。

隔天一大早，銅牌掛在她的脖子上，亮晃晃的，像是她的笑，藏不住。

「太厲害了，」我誇她，「未來的跆拳道國手喔！」

我開始幻想，未來她拿了奧運金牌，記者訪問我時，我該怎麼回答，例如：童年怎麼啟發她對跆拳道的興趣之類的。

旁邊的大胃王趕緊解釋：「不是啦，是參賽選手只有三個人。」

「所以她被兩個人打敗？」我問。

大胃王進一步說明：「也不是啦，有一個太晚來，沒比到；另外一個直接棄權。」

原來她一場比賽都沒踢呀？

「那應該是金牌呀。」我說。

三秒鐘也很不服氣：「就是說嘛！」

於是，整個早自修時間，三秒鐘四處秀銅牌，順便抱怨她本該拿到金牌的。

那麼，大冑王呢？

我記得大冑王也是無役不與，獲獎無數。例如最近這場比賽，他真的拿到一面金牌。

「我有下場踢。」他說，「還把對手打敗了。」

「那是真材實料的金牌了。」我猜。

換三秒鐘來解釋：「老師，他那組只

有兩個人報名。」

「那大胃王至少打贏一個。」我說。

「他還把人家打哭了。」

果然是大胃王，一出手就不同凡響。

三秒鐘繼續報告：「他的對手才小三，個子比他矮了一個頭。」

大胃王也有話要說：「輸就輸了嘛，還哭那麼大聲，害我還去跟他說對不起咧。」

第九章 待續

畢業旅行

她說，她來自澎湖島嶼。那是一座住滿海鳥的島嘍？

但她叫做小貓。在我心裡，貓嶼或魚島更適合她，那才像是她該住的地方。

小貓是我們班畢業旅行的導遊。

導遊我見多了。上回去總統府，遇到一位超級認真、講解超級不懂得變通的導遊，對著我們學校一至六年級的孩子談國共內戰：從八年抗戰，講到先總統蔣公的復行視事、行憲紀念日云云，把好好的兩小時，全轉化成無比的煎熬。

「稍等一下，導遊阿伯快說完了，快說完了。」「再等一下，我先把導遊阿伯噴在我臉上的口水擦完。」我不斷安撫那群快要暴動的小孩。

於是，難得的總統府半日遊，小朋友最記得的，應該是我那句：「專心聽，專心聽，快結束了，快結束了。」

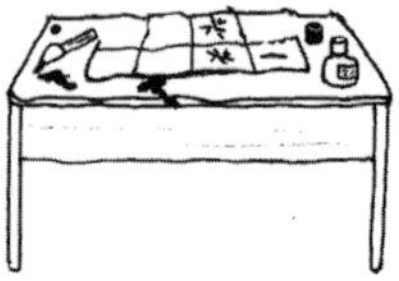

但小貓不是這款導遊。

她年輕，用語很潮，連畢拉拉的口頭禪都常從她口中不經意的流瀉出來。或許是因為沒代溝，畢拉拉很快就成了她的乾妹妹。平分天后也如同小狗般，整天被她掛在手上。小貓不懂小孩的險惡，沒多久就被平分天后用各種卡哇伊的表情給騙了；到了海上牧場，這位年輕的導遊竟然把半天工資拿來買飲料請孩子們喝。

是平分天后敲的竹槓。我連忙向小貓喊停，她張著大眼問：「他們不是很可憐嗎？這不是尋夢之旅嗎？」

原來，這位超級熱情的導遊，前一夜看了我的臉書，把孩子們的綽號和故事全記起來，說要幫他們一圓出國旅行的夢。幾乎是用以身相許的熱情，打點孩子旅行途中的點點滴滴。

小貓的話匣子一開，如止不住的鄉愁。她一路講，孩子們一路聽，中間沒人抱怨陽光太大、海風過猛。從機場接機到送機，三天行程，沿路所有經過的、與可能經過但沒看到的景點，都是她口中集美麗與陽光於一身的澎湖。

「記得了沒有？」她屢屢問。

「記得。」小朋友說。

「回去要考試喔。」她很認真。

「考呀，每個都考一百分。」小朋友說。

她一路叮嚀，孩子們一路點頭。

看了生活館，逛了海上牧場，玩了望安，去了七街一市和四眼井。

「全記得了嗎？」她問。

「那還用說。」小朋友回答。

大胃王和小王子躲在隊伍最後冷笑。導遊講解，兩人永遠躲在後面。我搖頭心想，回學校後兩個人就知道。

畢旅結束前，小貓消失了一下，原來又讓她破費了——孩子人手一隻小貓玩偶，價值不菲。她又塞給我一張純手寫的考卷，上頭全是她三天講解的精華，外加一個超大的禮物，指定要送給第一名答對的孩子。

隔天，我影印小貓的考卷，一人一張發下去考。

三秒鐘任何事都拿第一，她第一個交卷，信誓旦旦要考一百分，以報答小貓姐姐的熱情。

整天掛在小貓手上的平分天后說：「除了第一，我想不出會拿第幾。」

剛認的乾妹妹畢拉拉搖搖頭：「我姐姐的禮物，當然是我拿。」

相較女生的狂妄口氣，兩個小男生嘆口氣——他們三天都躲在後頭，哪經得起真刀明槍的考試？

結果，班長考了二十分；平分天后與三秒鐘五十分；乾妹妹拿到七十五，算高分了。

兩個總是躲在後頭的男生：小王子九十五分，大胃王九十分。

怪了，女生們一路掛著小貓姐姐，是掛假的嗎？

原因，肯定出在澎湖的海風。

海風太強，吹走了小貓姐姐在女生耳邊的叮嚀；也因為海風太強，把叮嚀送進站在排尾拿行李的男生耳裡。

我如是猜。

尾聲一、最後一個孩子（淡淡離愁版）

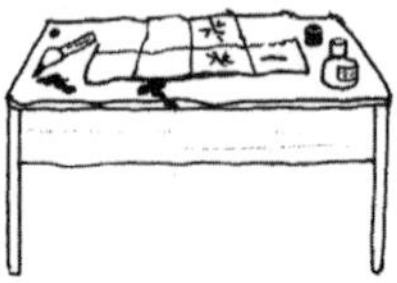

我們學校底下有個小社區，總共六、七戶人家。

小社區曾經繁榮過。當年中潭公路還走舊道時，這裡有過繁華的景象，米行、中藥鋪和雜貨店都有。現在別說米行，連雜貨店都歇業很久。

村長最愛說當年，學校還是六間房寬的磚造平房、兩百來個孩子的盛況；村子裡每逢入冬舉行的冬尾戲（註10），戲臺一搭連唱幾十天。

隨著中潭公路新路線啟用，村子重心外移；六高通車後，人口只見淨流出。

兩年前，村裡最後一個男孩終於畢業了。

男孩是我的學生，一個很愛運動的小男生，整天在橋上奔跑、運球和追狗。

橋斷掉的那一年，他的單車日日在村莊裡發出「嘰嘰」的煞車聲，有種飛鳥被限制住的寂寞感。

他想去找同學，但同學都住在很遠的地方；想找人玩，附近只有一個小他兩歲的小女孩。那年紀，正尷尬，他寧可自己一個人抱著籃球，終日對著空空的籃框投呀投。

今年，村子裡最後一個小孩——小女孩平分天后，也要畢業了。未來，這個小村子，將暫時見不到小孩（或許再等幾年，男孩、女孩長大，有了自己的孩子之後，可能再聽到孩童的笑聲）。

挺可怕的感覺。

小女孩是我的學生。她練書法，有極佳的手感。她寫的「大家恭喜」和一張年畫，被她很有自信的貼在山腳路口，日日帶著喜氣迎人。

大家都說她勇敢。她說不是她貼的，是媽媽。

但也沒見她撕下。春聯依舊整天迎著陽光，對著行人喊早似的。

畢業典禮時，班上的八個孩子哭得很慘，尤其是平分天后。她哭得那麼肝腸寸斷，連我這飽經畢業典禮的老師，也不由得要滴上幾滴淚水。

再過幾天，她就要去國中報到了。國中校園在幾公里外，她再也不會像以前一樣，背著書包，穿著一身鵝黃嫩綠的爬到小山坡來上學。見不到那景象。

山腳底下的小村子，將只剩下那兩張紅豔豔的春聯，在涼涼的晨風中，飄呀飄呀……

註10：「冬尾戲」是農業社會留下來的傳統。在秋末入冬時請人來表演歌仔戲或布袋戲，酬謝神明一年來的保佑，也祈求來年的好豐收，因此又稱「平安戲」。

尾聲二、同學會（快樂版）

畢業典禮後，八個孩子各分西東；七月一日，我也得空溜到絲路玩一趟。火車西行，整整走了兩千公里，從西安到敦煌，想著綠洲、沙漠與駝鈴，真是讓人興致……

一陣鈴聲響起，不是駝鈴，是我的手機。

電話那頭，是大姐大：「老師，我們要辦同學會，你一定要回來參加。」

那麼快，不是才剛畢業？

「哪一天？」

「七月底。」

「七月底的哪一天？」

電話那頭一陣沉默，然後是兩個小女生嘰嘰喳喳的交談，然後又等了很久，她們大概不知道國際漫遊通話費很貴。

終於，火車到敦煌，小女生的商量也有了決定：「到時候再說。」大姐大興奮的說，「老師，你一定要來，我們很想你喔。」

我想，全天下的老師都一樣，都受不了學生說這句「我們很想你喔」。我當然說好，不過我的「好」，大姐大沒聽到，因為她已經掛掉電話了。

回到臺灣，七月二十九日，平分天后打電話來了。

「同學會，就在明天。」她說。

「明天呀？我要去開會耶。」我說，「哪有人今天定、明天會？」

平分天后不解：「老師，我們很久沒見面了耶，你都不想我們喔？」

好吧，身為全天下心腸最軟的國小老師，我能拒絕嗎？

三十日那天，我早早就到了。

地點就在學校，因為平分天后說要在最有回憶的地方辦同學會：「這才有Fu。」

因為地利之便，我八點就到了，但等到九點鐘，沒有人來。
十點鐘，辦公室門口有人笑了一聲，是大姐大。
「今天開同學會嗎？」她在門口問。
「難道不是嗎？」我懷疑自己記錯時間。
「應該沒錯吧。」她坐在我對面，自動打開我的蠶豆酥，然後邊吃邊問，
「今天誰會來？」
「咦？不是你們辦同學會嗎？」
「對吼。」大姐大的回答，添了一點不祥的預兆。
差五分鐘就十二點，平分天后終於來了，我們三個人一起嗑光蠶豆酥。
然後，我們三個人又聊了一下，接著，大姐大就說她要回家了。
我問：「回家？你們的同學會怎麼辦？」
大姐大說：「到齊了呀。」
「可是只來了兩個人？」

大姐大解釋：「半個老大脾氣大，沒人想請他。」

我點點頭。

「三秒鐘是平分天后的仇家。」

我懂。

「粗心和畢拉拉說今天要去逛街，沒空來。」

我只好發問：「那大胃王和一號呢？」

大姐大望著平分天后：「他們是你聯絡的呀。」

平分天后大叫一聲：「對吼，我忘了聯絡了。」

「那你們的同學會……」我搔搔頭。

這時，平分天后卻看見我電腦上的檔案：「老蘇，這是什麼？」

「啊，是你們剛入學時，我寫的一點東西。」

我習慣觀察小朋友，順手幫他們記錄童年，本來想說今天同學會，我把他們的名字隱藏起來，想讓他們自己讀一讀，看能不能認出自己來。

兩個小女生一聽，邊吃我的蠶豆酥，邊看著上頭的故事呵呵笑。

底下是他們剛入學時的故事，讀者諸君前面讀完《半個老大》，也可以來考考自己，能不能認出他們一年級時的模樣——

藥包

她們母女間，一定有塊特大號的磁鐵。

昨天媽媽來兩次，第一次送早餐，第二次送作業。

今天早上才送完孩子，一會兒又來了。

「書包，她竟然把書包落在車上。」

我們勸媽媽：「長大了，都讀一年級了，該讓她負責了。」

「知道，這是最後一次。」

說是最後一次，第二節下課還是出現：「藥，這孩子早上忘了吃藥。」

吃藥是大事，沒人敢說什麼。

第四節下課前，那媽媽理直氣壯的來，要接孩子放學嘛，不過，正和主任說笑的她，突然「啊」了一聲，掉頭就跑。

主任好心問：「怎麼了？」

「瓦斯，我在燉肉……」她哀號。

下課

那節課，全班都遲到了，他們應該按時來上生活課，我以為他們在校園裡迷路了，或是被老師留下來了。問了後才知道，原來他們七個人是為了一個小男孩。

綁辮子的小女生說：「他好可憐，今天一整天都沒下課。」

蓬蓬髮的小女生也說：「我弟弟數學不會算，老師幫他加強。」

最後全班說：「他整天都沒上到下課，真的很可憐喔！」

對，小男孩「錯過」了幾節下課，

因此這班孩子自願陪他多上一節「下課」。

「可是我怎麼感覺，你們分明是自己想『多下一節課』？」

我一問，八個孩子全笑了。

蛇

正吃著營養午餐的時候，兩個一年級小孩跑進來大叫：「老師，有蛇！」

一聽到蛇，老師們全衝出去，蛇若是咬到學生還得了？

總務主任拿了夾蛇鉗站在第一線：「誰看到蛇的？」

「我！」一年級綁辮子的小女孩說。

「我也有。」一年級的平頭小男孩說。

「是我最先看到的。」

「躲在石縫裡了。」

「好大的蛇喔。」兩個同時說。

我們主任小心翼翼搬開石頭，驀然衝出一條灰撲撲的——

攀、木、蜥、蜴

「這是蜥蜴。」主任搖搖頭，「剛才誰先看到蛇的？」

兩個小孩，你看看我，我看看你。

「不是我。」

「不是我。」

「真的不是我。」

好吧，攀木蜥蜴應該也在猜，那是誰呀？

長大

一年級小女生在書上發現我的照片，那是我附在第一本書後頭，和太太開車環島度蜜月拍的照片。

「你那時候比較小。」

她可能不會用「年輕」這個詞。

「你現在長大了。」她補充。

其實是老了，我在心裡嘆了一口氣。

「我去年小小的，但是今年也長大了。」她說完，竟然真的嘆了一口氣。

於是我知道：她感嘆的是時光，雖然她說不明白，但是我懂她的憂愁，誰叫我們兩人都在今年長大了呢？

外套

今早天氣冷，我是導護，看著一年級的小女孩跳下車。

阿嬤跟在後頭唸：「外套！」

「我穿四件了。」

「講不聽，感冒怎麼辦？」

阿嬤堅持，她面無表情的套上第五件衣服。

我知道，那是阿嬤用自己的體溫，衡量孫女兒的適應力。

因此，晨讀時間，她就像一團胖呼呼的丸子。

上生活課時，脱掉外套；上美勞課時，脱掉背心；上健康課時，毛衣和長袖襯衫都脱下來了。

就只剩一件短袖上衣，丸子變成了冰棒棍。問她冷不冷？

「還好啦！」

我知道，那是小女生用自己的體溫測量外頭的天氣，神奇的是，不管熱不熱，這小女孩的臉上，總是沒什麼表情。

放學了，她擦擦汗，把衣服一件件套回來。

「你不知道現在這麼熱嗎？」我提醒她，天都放晴了。

「阿嬷不知道啊！」她說得很自然，汗水都浸溼她的頭髮了呢。

相簿

一年級的小女孩拿著相簿給我看，那是她從出生到現在的照片集，聽說是她媽媽用四乘六的相紙，一張擠進三到四張，密密麻麻集結了上百張，她還一張張解說：

「這是我剛出生的時候喔。」

「這是我週歲的樣子喔。」

每一張都好可愛，每一個表情都不同。

甚至連衣服的顏色也都挑過，看得出來是精心製作的。

「哇，怎麼這麼多？」我問。

她看看我，像在看個傻瓜：「因為媽媽很愛我啊。」

陪她來的孩子問：「王老師，你有嗎？」

我搖搖頭。

「你媽媽不愛你喔？」她們問。

我解釋：「我們那時候沒有照相機啊。」

帶相簿的小女孩笑著說：「你和你媽媽很笨耶，用手機啊！」

倒是她走後，我才知道，她媽媽離開她了，所以，她到哪兒，都帶著那本相簿。

呼吸

早上打流感疫苗，我們是小學校，全校一起打針。

最先打的一年級都沒哭，真的，那個起床氣很重的女孩，就連眉頭都沒皺一下。

她還告訴我：「只要吸氣就不會痛了啊！」

我想，應該是媽媽有教過。倒是六年級的大姐姐哭了，真的，真的，護士都還沒打針呢！

本來在吵架的兩個一年級小女生，竟然不吵了，好心的圍在她旁邊。

一個說：「姐姐，你不要怕。」

另一個說：「你要呼吸——」

最後，兩個同時說：「真的，你只要有呼吸就不會痛了。」

不過我在旁邊聽，明明護士阿姨說的是吸氣啊……

待續

滷香雞腿

去一年級代課的時候，有個小男孩心情一直很好，整節課從頭到尾朝著我微笑。

我問他今天有什麼好事發生嗎？

這孩子嘴巴咧得好開：「老師，今天中午有滷香雞腿喔！」

這才第二節課耶，結果，他的好心情也影響到我。

回辦公室，老師們見了我都問：

「怎麼了，笑咪咪的？」

「今天有滷香雞腿啊！」

哭

清晨到校，我聽到一陣哭聲：一年級，三個哭。

第一個哭，他的奶茶被人打翻了。

第二個哭，因為奶茶是他打翻的。

第三個哭？我問她，她搖頭，解釋不清。

「別人哭，你跟著哭？」

她點點頭。

我想起來，今天早上買的米漿還沒喝。

「你喝這個可以嗎？」我說，「這真的是很香很濃的米漿，全埔里只有這一家，今天早上買的時候，排隊排了好久好久。」

胖胖的小男孩，張大了嘴巴看著我。然後我看到另外兩個渴望的眼神。

然後那杯米漿分成小小的四杯。

最後，我們四個人都喝了一小杯全埔里最香最濃最好喝的米漿。

有個老師經過時問：「你們在做什麼？」

「吃早餐啊。」他們說。

於是，我們的米漿旁邊又多了四塊餅乾。

早上從哭開始，最後大家都笑了，他們還開心的問：

「明天還有嗎？」

爬山

今天全校師生去爬山，連剛入學的一年級也要參加。長長的山路，一共有十一公里半，二年級小姐姐照顧一年級的小妹妹。其實，本來排定的是六年級當小天使，但走不到一半，小天使不見了，只好由小姐姐來。

「姐姐，我走不動了啊。」一年級小妹妹有著靈活的大眼睛，說這話時，眼睛眨了眨，簡直像小娃娃。

「我以前也走不動，但走一走就到了。」二年級小姐姐拉著扶著勸著，偶爾還陪她唱唱歌，一起背《易經》（太厲害了）。

一年級小妹妹瘦瘦小小，運動褲看起來太長，小姐姐蹲下來，耐著性子幫她摺一摺。

「明年就會剛剛好，我以前也這樣。」小姐姐說。

小妹妹點點頭，輕快的跟上去。

山路落葉踩上去沙沙響，十一公里半，很快就走完，擦擦汗，吹吹風，聽山上佛寺的師父講故事。聽了故事，吃了素齋，該打道回學校了。

「妹妹，走吧。」

「姐姐，我好累。」

「回去睡一覺就不累了，我以前也這樣。」二年級小姐姐也有一肚子「以前」的故事可以講。

「沒有我啊！」平分天后看完說。

「我小時候也沒那麼呆。」大姐大說，「你寫的一定不是我們班。」

「我覺得老師有寫到三秒鐘。」平分天后指著大半的故事說。

我看著她，然後她有點心虛的說：「好啦，可能有一篇寫到我。」

「才一篇？」我笑。

「兩篇？」這個平時聰明的孩子，連忙嗑完最後一顆蠶豆酥，自己宣布：

「好了，同學會散會。」

「這就散會了？」我問。

「啊不然，老蘇你要請我們吃午餐嗎？」大姐大眼睛亮了起來。

「我猜對了，我早就跟我媽說，不用留午餐給我。」平分天后喜滋滋的說，

「謝啦，老蘇。」

反正也只有兩個小女孩，我嘆口氣：「既然這是你們畢業後的第一次同學會，我們去鎮上吃陽春麵配珍奶吧！」

平分天后開心的說：「老蘇等一下，既然你要請客，我打電話問他們來不

來？」

「啊——」

「三秒鐘，王老蘇請客，來不來？」

隔著電話，我聽見三秒鐘大叫著

我馬上來……

推薦文

用故事建構人物形象——讀《半個老大》有感

文／宜蘭縣竹林國小閱讀推動教師　蔡孟耘（小壁虎老師）

小朋友閱讀這本書時，一定會覺得你的同學某某某根本就跟故事裡的角色一樣！王文華老師將校園觀察到的趣事，寫成小短篇故事，故事裡老師和學生、家長間的爆笑互動，保證看了哈哈大笑，心情都會變好！

王文華老師筆下的八個同學樣貌，簡直就是一個班裡最普遍、也最容易出現的人物濃縮版，看著老師和小孩們的對話，你一言我一語的，難道王文華老師是到我的教室裡裝監視器了嗎？怎麼都如此似曾相識！我相信每一位老師來讀這本書，都會有相同的感覺，因為這些孩子的故事就是我們教室裡的日常。

很多作文教學在指導人物描寫時，會提到用動作、行為、語言、神態來描寫一個人的個性，這本書裡的每一個章節標題，就是故事想要呈現的角色特殊形象，而每一個人物刻劃，都透過好幾篇故事來建構出角色的生動性。最精妙的部分則是這些人物都是身邊常見的，但在王文華老師的筆下，卻能用一種幽默又帶著想像的筆觸，將人物的特殊性勾勒得清晰無比。例如：〈黛玉葬花〉這篇竟然用身懷絕技來形容一號的「慢條斯理」，那動作之傳神，讓人拍案叫絕。

一個老師能將孩子的好多故事記錄下來，真的是不容易的事情，這本書看到最後，我的鼻頭酸酸的，這些紀錄有的內容好笑，有的孩子天真，但有更多是以單純記錄事件的方式敍寫，讓許多令人頭痛的問題和行為成為被接納、被理解的故事，這些故事除了有趣外，更增添了一些體貼孩子的心意。

這本書也適合老師們閱讀，當我們埋首在班級時，常常會專注於眼前問題的處理與解決，卻忽略了理解孩子性格上原有的樣子。例如：當老師打電話給一號的媽媽時，頓時明白了一號為什麼總是只有一號表情。故事讀到這邊，用旁觀者的角度來看，我想到自己班上某個小孩的行為就跟書裡的一號很像，突然，我就可以理解並包容小孩了！

當我還是菜鳥教師的時候，班上「活潑可愛」的小朋友每天都會製造很多意料之中和意料之外的事情，當時常常被氣得怒髮衝冠，我常開玩笑說頭髮都不用燙就有自然爆炸捲！如果當時有機會閱讀這本書，相信頭髮就會自然柔順、烏黑亮麗啦！

note Book

樂讀456 092

大山小學堂❶

半個老大

作者｜王文華
繪者｜王秋香

責任編輯｜江乃欣
內頁版型設計｜劉凱西
內頁手寫字｜彎彎老師
封面設計｜蕭雅慧
行銷企劃｜翁郁涵

天下雜誌群創辦人｜殷允芃
董事長兼執行長｜何琦瑜
媒體暨產品事業群
總經理｜游玉雪
副總經理｜林彥傑
總編輯｜林欣靜
行銷總監｜林育菁
副總監｜李幼婷
版權主任｜何晨瑋、黃微真

出版者｜親子天下股份有限公司
地址｜台北市104建國北路一段96號4樓
電話｜（02）2509-2800　傳真｜（02）2509-2462
網址｜www.parenting.com.tw
讀者服務專線｜（02）2662-0332　週一～週五：09:00~17:30
傳真｜（02）2662-6048　客服信箱｜parenting@cw.com.tw
法律顧問｜台英國際商務法律事務所・羅明通律師
製版印刷｜中原造像股份有限公司
總經銷｜大和圖書有限公司　電話：（02）8990-2588

出版日期｜2022年12月第二版第一次印行
2024年 5 月第二版第三次印行
定價｜300元
書號｜BKKCJ092P
ISBN｜978-626-305-336-6

訂購服務
親子天下 Shopping｜shopping.parenting.com.tw
海外・大量訂購｜parenting@cw.com.tw
書香花園｜台北市建國北路二段6巷11號　電話（02）2506-1635
劃撥帳號｜50331356 親子天下股份有限公司
親子天下｜www.parenting.com.tw

立即購買 >
有聲故事書

國家圖書館出版品預行編目資料

半個老大 / 王文華作；王秋香繪. -- 第二版. --
臺北市：親子天下股份有限公司, 2022.12
184面；14.8x21公分
ISBN 978-626-305-336-6(平裝)

863.596　111015694